www.mayabook.co.kr

www.mayabook.co.kr

www.mayabook.co.kr

www.mayabook.co.kr

생검사도 生劍死刀

생검사도
生劍死刀 ❶

지은이 | 글바랑 뇌전검
펴낸이 | 권순남
펴낸곳 | (주)마야 · 마루출판사
등록 | 2008. 1. 7(제310-2008-00001호)

초판 인쇄 | 2013. 7. 26
초판 발행 | 2013. 7. 30

주소 | 서울시 노원구 상계 1동 1049-25 신영산업 BD 602호
대표전화 | 02-2091-0291
팩스 | 02-2091-0290
이메일 | marubooks@hanmail.net

ISBN | 978-89-280-1286-2(세트) / 978-89-280-1287-9
정가 | 8,000원

잘못된 책은 교환하여 드립니다.
저자와 협의하여 인지를 붙이지 않습니다.

「이 도서의 국립중앙도서관 출판시도서목록(CIP)은 서지정보유통지원시스템 홈페이지(http://seoji.nl.go.kr)와 국가자료공동목록시스템(http://www.nl.go.kr/kolisnet)에서 이용하실 수 있습니다.」
(CIP제어번호:CIP2013012587)

生劍死刀

생검사도

글바랑 뇌전검 신무협 장편소설

MAYA & MARU ORIENTAL STORY

1

마루&마야

✳ 목차 ✳

서(序). 사의(死意) …007
제1장. 진실(眞實)의 서막(序幕) …013
제2장. 진실 찾기 …035
제3장. 빚 갚기에 밀린 진실 찾기 …055
제4장. 주도권(主導權) 싸움이 시작되다 …081
제5장. 이름과 명예 …103
제6장. 돈값 …127
제7장. 이해할 수 없는 일들 …153
제8장. 힘을 찾다 …177
제9장. 산다는 것은 …201
제10장. 숨겨진 도발 …223
제11장. 심득(心得)이란 …243
제12장. 도를 메고, 검을 차다 …269
제13장. 골치 아픈 손님 …289

· 본 작품은 창작 집단 (주)글바랑 소속 작가의 창작물입니다.

서(序)
사의(死意)

 그에게 우린 사람도, 짐승도, 아무것도 아니었다.
 휘두르는 칼질 한 번에 우리 목이 날아가고, 배가 갈리고, 사지의 하나를 잃었지만 그는 눈 하나 깜빡이지 않았다.
 황제가 내린 천년기재란 칭송도, 대학사가 고개를 숙이게 만들었던 학식도, 수백 편의 서책을 담은 지식도 내 가족을 가르는 칼날을 막지 못했다.
 붓은 칼보다 강하다던 성현의 말씀이 개소리라는 걸… 난 그날 핏속에 누운 아내와, 팔다리가 잘려 나간 달아이를 보며 뇌리에 각인하고, 뼈에 새겨 넣었다.
 살아난다면… 살아남는다면… 결단코 용서하지 않을 것이다. 날아드는 칼날을 바라보며 그렇게 덧없는 각오를 품었다.
 서걱-
 몸통을 가로지르는 섬뜩한 느낌과 함께 온 세상이 새카맣게 물들어 갔다.

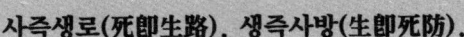

사즉생로(死卽生路), 생즉사방(生卽死防).

죽음이 삶으로 가는 길이요, 삶이 죽음을 막는 수단이라.

염원염혼(念願炎魂), 만세즉의(滿世卽意).

염원으로 혼을 태워, 세상을 채우니 그게 곧 너의 의지리라.

생사일취(生死壹取), 비사비생(非死非生).

삶과 죽음을 함께 쥐었나니, 죽어도 죽지 않고 살아도 산 것이 아니다.

지즉무적지체(至卽無敵肢體), 지즉불사지신(至卽不死持身).

이를 무적지체, 불사지신이라 이른다.

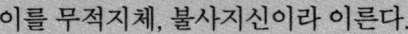

제1장
진실(眞實)의 서막(序幕)

　사람들의 움직임이 정지했다.
　사흘, 갑자기 분타를 비웠던 소교주가 피투성이로 돌아온 탓이다. 물론 그 피가 소교주의 것이라 믿는 이는 아무도 없었지만······.
　와장창!
　무언가가 부서지는 소리가 들리고, 겁에 질린 채 따라 들어갔던 시비 둘의 머리가 밖으로 던져졌다.
　툭- 데구르르.
　놀람과 공포가 담긴 두 시비의 눈은 잘려 나간 몸통이 남겨졌을 소가주의 거처로 향해 있었다.
　하지만 누구도 소가주의 거처로 들어서지 않는다.

지금 들어가면 그게 누구든 살아남지 못한다는 걸 알기 때문이다.

"와장창창!"

다시금 무언가가 부서지는 소리가 울리고… 이내 조용해졌다.

한참 동안 움직이지 않던 이들 속에서 두 사람의 시선이 마주쳤다.

"반 시진이다."

기철의 말에 고개를 끄덕인 이환의 시선이 자신들처럼 멈춰 선 이들에게 향했다.

비로소 정지한 분타가 다시 살아났다. 사람들이 움직이고, 소리가 일었다.

"이번엔 뭐냐?"

기철의 물음에 이환의 고개가 저어졌다.

"몰라. 반천지사(反天知死)를 들고 나가셨었다는 것밖에는."

"도대체 그런 흉물에 왜 저리 집착하시는지……."

말은 그리해도 이유는 안다. 기철만이 아니라 마교의 모든 이들이 그 이유를 안다.

"소교주께서 익히지 않은 교 내의 무공은 그것뿐이니까."

"하지만 그게 무공인지도 확실치 않잖아?"

"그야 그렇지만……."

마교를 창건한 천마는 두 가지의 비급을 남겼다.

천마신공과 반천지사.

대대로 교주에게 내려오던 천마신공과 달리 반천지사는 전수가 금지되었다.

이유는 모른다.

그저 이대 교주였던 혈마가 그리 정했다는 것밖에는.

지난 천 년 이래로 그 금제를 어기고 반천지사를 끄집어 낸 이는 지금의 소교주가 유일했다.

사실인지는 모르겠지만 그걸 막아서던 교주를 힘으로 비껴 냈다는 소문이 총타를 넘어 분타에까지 흘러들고 있었다.

"그나저나 어딜 가셨던 거야?"

누구도 쫓을 수 없는 경공을 가진 소교주다.

사흘 전에도 분타를 나서는 소교주를 호종하기 위해 부리나케 달렸지만 결국 홀로 돌아와야 했던 기철의 물음에 이환이 어깨를 으쓱였다.

"호위인 네가 모르는 걸 내가 어찌 알아."

"대충 감은 잡고 있을 거 아니야?"

"사전에 알아보신 정보는 차단되었다. 정보를 제출한 밀야각(謐夜閣)의 밀사(密士)가 주검으로 발견되었으니까."

그를 누가 죽였는지는 물어볼 필요도 없다.

소교주는 자신이 감추고자 하는 정보는 철저하게 가리는

것으로 유명했고, 그렇게 죽어 간 밀야각 밀사들의 수는 이미 십여 명이 넘어가고 있었다.
"하면 오리무중이라는 거야?"
기철의 물음에 이환이 씁쓸하게 답했다.
"이제 알게 되겠지."
"그건 또 무슨 소리야?"
"옷이 전부 피로 물들었다. 저만한 양이면 수십 명이 떼죽음을 당했을 터, 소식이 들려오지 않을 수 없겠지."
이환의 답엔 기철도 고개를 끄덕이지 않을 수 없었다. 그런 두 사람의 시선이 천천히 어둠에 잠겨 가는 소가주의 거처로 향해 있었다.

"커헉!"
칼이 치고 나가며 끊어졌던 숨이 그렇게 이어졌다.
붉은 벽지와 자색 휘장이 생경하고, 또 익숙했다.
"……?"
알 수 없는 이질감이 온몸을 휘감았다.
정수리부터 발가락 끝까지, 내 것이되 내 것이 아닌 느낌이 강했다.
그 묘하게 스멀거리는 불쾌감을 떨치고 손을 뻗었다.

그건 의지가 아니라 직감에 따른 행동이었다. 그렇게 움직인 손에 동경이 잡혔다.

불빛은커녕 달빛조차 어두운 방 안에서 들여다본 동경에 비친 얼굴이 선명했다.

하나 그 이해할 수 없는 상황을 생각해 볼 여유 따윈 허락되지 않았다.

"헉!"

마흔에 이르는 가솔들을 모두 쳐 죽이던 그가, 아내와 딸을 위협하며 너덜거리던 양피지 하나를 던져 주던 그가, 꼼짝 않고 사흘을 지켜보던 그가, 사력을 다해 풀어 놓은 책자가 틀렸다며 칼을 휘두르던 그가, 그곳에서 자신을 노려보고 있었다.

죽기 직전까지 분노와 복수를 부르짖었건만 정작 다시 마주한 놈의 얼굴에 겁부터 먹었다.

그것이 서글펐다. 그것이 자신을 좌절케 했다.

한데… 놈의 얼굴이 변한다. 차가운 놈의 얼굴에서… 좌절이 느껴진다.

소름이 척추를 타고 올라 팔로 뻗어 나갔다. 알알이 곤두선 솜털이 기분 나쁜 전율을 일으켰다.

"말도… 안 돼!"

말과 함께 움직여지는 손이, 내 얼굴에 느껴지는 손이 놈의 얼굴을 더듬는다.

"아니야! 아니야!"

마구 내젓는 고갯짓까지 동경 속의 놈이 따라했다.

사전의 어떤 교감도 없이, 작은 시간의 틈도 없이, 고개를 재빨리 휘저어 대는 행동을 그대로 따라 할 수 있는 타인은 존재하지 않는다.

그러니… 놈이… 나다!

와장창창!

동경이 도자기 하나를 박살 내며 나뒹굴었다.

마른 피가 덕지덕지 붙은 손이, 붉은 피로 물든 소매가 눈을 찔러 왔다.

순간, 고사(古事)가 하나 떠올랐다.

선녀와 노닐고, 신선과 바둑을 두다 잠시 잠을 자고 일어났더니 늙은 나무꾼이더라는…….

어느 것이 현실이고, 어느 것이 꿈인지 헛갈렸다던가?

하지만… 그렇게 치부하기엔 나의 기억은 너무나 선명하다.

다섯에 사서삼경을 떼었다며 좋아하던 부친의 웃음과, 열일곱에 전시(殿試)의 장원이 되어 황제에게 술잔을 받은 일과, 스물다섯 한림원 학사에서 물러나던 때와, 서른이 되는 날 맞은 아내의 수줍음과, 삼 년 전에 얻은 하나뿐인 딸아이가.

한데…….

다섯에 죽음의 관문을 지나고, 여덟에 천마비동에 들어 스물하나에 철혈의 대지에 우뚝 서고, 스물넷에 화산의 매화검을 꺾고, 스물일곱에 달마삼검을 부수고, 서른에 철혈부동(鐵血不動), 백도 제일인의 검과 마주 섰다. 그리고 한 서원을 몰살시켰던 일이 주마등처럼 지나갔다.

 하나로 뭉쳐지는 두 기억이 주는 혼란이 머릿속을 헝클어트렸다.

 답답한 마음에 열어젖힌 창문으로 차가운 새벽바람이 들이쳤다. 그 서늘함을 느끼며 또한 지금의 내가 나임을 자각한다.

 "이건 도대체……."

 어느 게 꿈인지, 그리고 진짜가 누구인지 알 수 없었다.

 아직은…….

 무사들이 들고 나가는 목 없는 몸뚱이 두 개를 바라보는 마음이 덤덤했다. 그 무심함에 소름이 끼치면서도, 또한 그 소심함이 못마땅했다.

 여전히 갈피를 잡을 수 없는 두 마음이 혼란스러웠다.

 그런 그에게 이환이 조심스럽게 다가섰다.

 "이전에 처리하라 명하신 기련마방(祈連馬房) 건에 대한 보고서입니다."

받아 들어 펼쳐 든 종이엔 한 줄뿐이다.

〈서른셋 살(殺), 마흔둘 포(捕).〉

서른셋을 죽이고, 마흔넷을 잡아들였단다. 자신의 명으로……

그러고 보니 기억이 났다.

달포 전, 기련마방에서 자신에게 상납된 말이 나무뿌리에 걸려 넘어지는 사고가 있었다. 경공 덕에 바닥을 구르는 일은 없었지만 그 일로 자신은 체면을 구겼다.

그래서 명을 내렸었다.

'개미새끼 한 마리 남겨 두지 말고 모조리 죽여!'

악다구니처럼 내뱉던 고성이 아직도 기억 속에 생생했다.

한데 마흔둘이 살아서 잡혀 왔단다.

그나마 다행이란 생각 곁에 명을 제대로 이행하지 않은 이에 대한 짜증이 붙어 올라왔다.

난망함에 앞서 일어선 짜증으로 미간에 주름이 잡혔다.

철퍼덕!

요란스러운 소리에 시선을 돌리자 보고서를 올렸던 이환

이 사지와 이마를 바닥에 붙인 채 엎어졌다.
"천명을 받고도 그 명을 어겼으니 속하의 죄가 하늘에 닿사옵니다."
말이 끝나기 무섭게 이환의 수도가 일체의 머뭇거림도 없이 움직였다.
스걱-
피가 튀고, 귀 하나가 바닥을 굴렀다.
"명 하나 제대로 듣지 못한 귀를 바치오니 제발 한 번만 용서를……."
눈앞에 뿌려진 피와 잘려 나간 귀가 시야를 채웠다.
하지만 여전히 무심함이 가슴을 채운다. 그것이 두려웠다. 이 무심함이 진짜 자신의 것일까 봐.
그래서일까? 미간의 주름이 늘고, 눈매가 이지러졌다.
그것을 미진함으로 오해했던가?
척-
반대편 귀로 올라가던 이환의 수도가 허공에서 멈춰졌다.
"신체발부(身體髮膚)는 수지부모(受之父母)하니 불감훼상(不敢毀傷)이 효지시야(孝之始也)라 하였거늘. 몸을 그리 하찮게 다뤄서야……. 쯧!"
생전 처음 들어 보는 문자에 놀란 이환이지만, 그 탓에 손을 멈춘 것은 아니었다.
그런 것에 일일이 손속에 제한을 받았다면 진즉에 시체가 되어 산속에 버려졌을 테니까.

"소, 소교주······."

놀람, 감동이 마구 뒤섞인 이환의 눈동자를 바라보던 시선이 그의 손을 막고 있는 식탁보로 옮겨졌다.

그리고 그 식탁보에 내력을 불어넣고 있는 것이 자신이라는 것에 놀랐다.

풀럭.

거의 일 장 정도의 공간을 뻣뻣하게 일어서서 가로질렀던 새하얀 천이 너풀거리며 아래로 흘러내렸다.

스스로가 벌인 일에 놀라면서도 아무것도 아닌 일에 놀라는 자신이 또한 못마땅했다.

'아무것도 아닌 일······.'

천이 나무토막처럼 뻣뻣이 일 장을 가로질렀던 일이 아무것도 아닌 일이란다,

그것도 자신의 생각이······.

그것이 무엇을 뜻하는 것인지 자각하며 다시 한 번 미간을 찌푸렸다.

그런 소교주의 모습에 저만치 떨어져 있던 기철이 마지못한 얼굴로 서신 하나를 내밀었다.

"밀야각이 올린 것입니다."

〈지소원 – 살(殺), 기향이란 기명을 사용했던 항주의 기

녀. 구 년 전 이행했던 화산기검의 척살 임무 시 이환이 품었던 것으로 파악됨.

 이진설 – 포(捕), 나이 여덟. 사필귀도(死必鬼刀) 이환의 딸로 판단됨. 이번 명령 불복종 사태를 야기한 원인으로, 함께 끌려온 아이들과 함께 현재 분마뢰(分魔牢) 삼십이 호실에 수감 중.〉

 흑색지에 적혈.
 보고자가 자신의 피로 진실을 담보한다. 이게 틀리면 보고자에겐 죽음뿐이라는 밀야각의 특급 보고서다.
 '한데… 난 이걸 어찌 아는 걸까?'
 점점 믿기 싫은 쪽으로 심중이 굳어져 가고 있었다. 그 심란함을 털어 버리듯 흑색지에서 시선을 들어 여전히 엎어져 있는 이환에게 물었다.
 "기향… 아니, 지소원을 죽인 칼은 누구의 것이더냐?"
 움찔거리는 어깨와 달리 답은 곧바로 나왔다.
 "속하의 것입니다."
 파르르.
 자신도 모르게 눈가가 떨리고 분노가 치솟았다.
 "네 딸을 낳은 여인을 죽였단 말이냐?"
 이환이 물음의 뜻을 파악하기 위해 소교주의 얼굴을 보려 반쯤 들었던 고개를 이내 다시 바닥으로 처박았다.

쿵.

"천명이었던지라······."

천명··· 다시 자신의 명이 언급되었다.

"내 명이면 네가 데려온 딸도 죽일 것이냐?"

"···며, 명이시라면······."

답하는 사내의 손에서 핏기가 빠져나갔다. 보이진 않으나 얼굴도 마찬가지리라.

놀라고, 당황스러운 것이다. 그렇다 해도 수행하겠다는 일념은 진실 같았다.

"미친놈!"

쾅-!

콰직, 와장창!

탁자가 주저앉고 그 위에 놓인 다기(茶器)가 모조리 쏟아져 부서졌다.

힘없이 부서진 것들과 자신의 손을 망연자실한 눈으로 번갈아 바라보다 신형을 돌렸다.

이 자리에 더 있다간 자신의 마음이 저것들처럼 부서질 것 같았기에.

소교주가 응접실에서 벗어나자 엎어져 있던 사내, 이환이 몸을 일으켰다.

"밀야각의 보고를 숨길 수 없었다."

기철의 말에 고개를 끄덕이며 이환은 상처 부위의 혈도를 눌러 출혈을 멈추고 저만치 굴러다니는 귀를 바라보았다.

이젠 소교주의 것이 된 자신의 귀를…….

그런 그에게 기철이 다시 입을 열었다.

"이제… 어찌할 생각이야?"

"명을… 기다려야겠지."

풀 죽은 이환의 음성을 들으며 기철은 미간을 모았다.

소교주의 성품상… 자신의 명을 어긴 이를 그냥 두는 법은 없다.

그것이 그간 수족처럼 여기던 이환일지라도…….

혹시 아까 전에 나머지 귀를 보전해 준 소교주의 손길을 가지고 희망을 품는다면 망상이라고 말해 주고 싶다.

소교주는 그런 사람이다.

자신이 제대로 망가트리기 위해선 온전해야 한다고 믿는…….

그러니… 이환의 목숨은 이미 끝난 것이다.

그렇게 안타까운 시선으로 이환을 바라보던 기철이 수하의 전음에 움찔거리더니 곧바로 움직였다.

철문 두 개를 지나고 지하로 한참을 내려와 도달한 곳은

어둡고 더러웠다.

　미친 자식이다. 이런 곳에 어미를 잃은 나이 어린 제 딸을 가둬 두다니······.

　"삼십이 호실."

　자신의 짜증 어린 음성에 허리를 굽힌 간수가 황급히 앞길을 열었다.

　흐릿하게 삼십이 자가 쓰인 나무패가 달린 옥사 앞에서 길을 열던 간수가 발걸음을 멈추고 허리를 접었다.

　옥사 창살 너머로 절망과 공포에 찌든 어린 눈동자들이 불안하게 흔들리는 것이 보였다.

　열댓 살의 소년들부터 이제 서너 살밖에 되어 보이지 않는 아이들까지······.

　그 아이들에게서 날아드는 칼을 보며 자지러지게 울던 딸의 모습이 떠오르자 분노가 미친 듯이 끓어올랐다.

　"미친 것들!"

　콰직-

　일수에 백련정강으로 만들어진 창살이 무더기로 뜯겨 나갔다.

　자신이 어떤 일을 만들어 냈는지도 자각하지 못한 채 고함을 질렀다.

　"아이들을 꺼내라!"

　명을 던지고 돌아서는 시선에 자신의 눈길을 피해 어두운 구석으로 몸을 숨기는 이들이 보였다.
 다른 창살, 다른 방……. 끝없이 이어진 창살 너머의 모습은 한결같았다.
 "죄인 명부!"
 분마뢰에 소교주가 친림했다는 급보에 달려온 간수장이 황급히 무릎을 꿇고 서책 하나를 받쳐 올렸다.
 신발 하나가 보이지 않는 간수장에게서 서책을 받아 펼쳐 들자 절로 찌푸려지는 표정을 감출 수 없었다.
 쓰르렁.
 갑작스런 쇳소리에 들쳐 올린 시선에 간수장의 뒤에 일어선 시퍼런 칼날이 보였다.
 "뭐냐?"
 "소교주님의 심기를 어지럽힌 죄, 죽음뿐이옵니다."
 "미친 새끼!"
 칼을 치켜든 채 당황하는 기철과 그보다 더 놀라는 간수장에게서 고개를 돌린 소교주가 죄인 명부에 다시금 시선을 주었다.

〈소교주님의 명에 의해 잡혀 들어온…….
소교주님의 기분을 상하게 하여 잡혀 들어온…….
소교주님의 옷에 피를 튀긴 죄로 잡혀 들어온…….
소교주님의…….

소교주…….
소교…….〉

모조리 소교주와 연관된 죄인뿐이다.
그리고… 빌어먹게도 그 소교주가 자신을 가리킨다는 것을, 누가 말해 주지 않음에도 너무나 잘 알고 있었다.
"이런 제기랄!"
그리고 다시 좌절했다. 자신이… 너무나 자연스럽게 욕을 내뱉는다.

다시 돌아온 응접실, 어느새 새로 들여진 탁자 앞에 앉은 소교주에게 여전히 신발 한 짝이 보이지 않는 간수장이 바닥에 엎드린 채 말을 이었다.
"…그로 인해 총 아흔일곱 명의 죄인이 풀려났나이다."
"보상은?"
소교주의 나른한 음성에 엎드려 있던 간수장과 칼을 품고 기둥 한편에 서 있던 기철과 저만치 무릎을 꿇은 채 앉아 있는 이환이 동시에 놀란 눈을 들었다.
"보, 보…상이요?"
간수장의 물음에 소교주의 눈가가 찌푸려졌다.

그와 함께 기둥 한편에 서 있던 기철의 눈가도 함께 가늘어졌다.
'감히 천한 간수장이 소교주의 말씀에 말대꾸를!'
대번에 칼을 잡아 가던 기철의 손이 멈춰졌다.

'다시 한 번 마음대로 칼을 뽑으면 네 목부터 칠 것이다!'

분마뢰에서 들었던 소교주의 살기 어린 음성이 아직도 귓가를 울렸다.
그 탓에 소교주의 눈치를 살피며 슬그머니 검병에서 손을 떼는 기철의 귀로, 여전히 나른한 소교주의 음성이 들려왔다.
"갇혀 있던 날 하루당 은자 한 냥… 아니 두 냥씩 쥐여 보내라."
"어, 어찌 죄인들에게……."
이번엔 기철도 검병에 손을 올리지 않았다. 자신조차 묻고 싶었던 것이기에.
"네가 보기에 그곳에 죄인이 있더냐?"
"모두가 천인공노할……."
"내 개차반 같은 성격 때문이겠지."
잠시의 정적, 그리고…
쿵-!

"소, 소인이 감히 실언을! 죽여 주십시오!"

실언? 피가 튀도록 머리를 짓찧는 간수장은 소교주 앞에서 그런 말을 한 적이 없다.

그러니…

뒷담화!

피식- 웃음이 새어 나오는 것을 막지 못했다.

그래도 정신은 제대로 박힌 놈이었던 모양이다. 그 짓거리가 개차반이라 생각했다면…….

엎드려 머리를 짓찧는 간수장에게 박혀 있던 못마땅함이 올곧이 자신에게로 옮겨지는 것을 느꼈다.

아니, 자신이 아니라 소교주라 불리는… 가만, 그것도 자신이었던가?

씁쓸함에 다시금 설핏 미소가 새어 나오는 것을 소교주는 이번에도 막지 못했다.

쓰르렁.

갑작스런 쇳소리에 소교주의 시선이 돌아갔다. 칼을 든 채 바르르 떨며 기철이 변명처럼 답했다.

"두, 두 번이나 우, 웃으셔서 전 며, 명이신 줄 알고…….."

더듬거리던 기철이 소교주의 눈에 떠오르는 못마땅함을 발견하곤 곧바로 칼을 떨구고 온몸을 바닥에 처박았다.

철퍼덕-!

"주, 죽여 주십시오, 소교주!"

가벼운 눈빛만으로도 죽여 달라고 외치며 바닥에 엎어진다.

"소, 소인의 혀가 지은 죄가 깊으오니 죽여 주십시오!"

이놈도.

"모두가 속하가 천명을 어긴 탓으로 시작된 일이옵니다. 죽여 주십시오, 소교주!"

또 저놈도.

"속하들의 미진함 탓이옵니다. 죽여 주십시오, 소교주!"

그리고 주변을 둘러싼 놈들도.

십여 명이 넘는 무사들이 일제히 부복한 채 죽여 달라 외치는 모습에 소교주는 절로 한숨이 새어 나왔다.

'하아~ 너… 도대체 어떻게 살아왔던 거냐?'

제2장

진실 찾기

"그게 정말 소교주님의 명령이라고?"

물어 오는 이환에게 기철이 고개를 끄덕였다.

"그렇게 들었다."

"정말? 잘못 들은 거 아니고?"

"그래서 나도 두 번이나 물었다."

물론 그랬다가 그 섬뜩한 눈빛을 받아야 했지만… 명은 확실했다.

"정말… 딸아이를 나보고 키우라 명하셨다고?"

"그래."

"다른 아이들도?"

"맞아."

"무슨 암살자나 그런 걸로 키우라는 말씀 아니었고?"

이환의 물음에 기철은 이마를 만지작거렸다. 그 손길을 따라갔던 이환의 눈이 반짝였다.

"웬 상처야?"

"찻잔… 아니다."

"너……"

물으려던 말을 접었다.

소교주가 하루에 던지는 찻잔의 수는 적게는 세 개에서 많게는 일곱 개까지다.

자신의 기억으론 최고치가 열두 개였던가? 그날 머리가 깨져 죽어 나간 이도 여섯에 달했다.

철혈부동 백도맹주와 만나고 돌아온 직후의 일이어서 선명히 기억한다.

"행여라도 소교주께 묻지 마라. 그리고……."

뒷말을 흐리는 기철을 이환이 긴장된 신색으로 바라보았다.

"왜… 역시 뭔가 있는 거지?"

"장례… 치러 주라신다."

"뭐?"

"기련마방(祈連馬房). 합동 장례를 치르라신다. 다만 네 내자… 이렇게 불러도 되는지 모르겠지만 소교주께서 그리 표현하셨으니… 네 내자는 따로 제대로 치르고."

정말이냐는 물음조차 잊은 채 멍하니 서 있는 이환에게 기철이 말을 이었다.
"기일… 정해지면 알려 달라시더라."
"…왜?"
"모른다. 묻지 못했다."
두려웠다. 알 수 없는 명령들과 행동 속에 든 그 날카롭고 차가운 눈빛 때문에…….
"흐음……."
기철만큼이나 혼란스러워하는 이환의 침음이 깊었다.

짓이겨지고 불탄 기련마방 터에 장례를 위한 제단이 설치되고 향이 지펴졌다.
뭐라 중얼거리는지도 모르겠는 말을 하며 제단을 도는 도사들을 바라보는 이환의 눈가엔 황당함이 담겼다.
"쟤들은… 뭐냐?"
"소교주께서 부르셨다."
기철의 답을 들은 이환의 눈에 부정이 담겼다.
"거짓말!"
"그랬으면 나도 좋겠다."
제단 주변을 둘러싼 이백이 넘는 무사들의 표정에도 혼

란이 가득하다.

 마교가 자신들이 피로 씻은 이들의 장례를 치러 주는 것도 어이없는데 진혼(鎭魂)이라니…….

 철혈의 대지에서 죽은 자는 힘이 없는 약자일 뿐이다.

 한데 그런 이들의 넋을 위로해? 왜? 뭐하러? 그거 해 준다고 내가 강해지기라도 하나?

 '……!'

 서로를 돌아보던 무사들의 눈에 당황감과 함께 알 수 없는 예감이 들어섰다.

 "아이고, 아이고……."

 그리고 그 예감은 언제 나섰는지 제단 앞에 엎드려 대성통곡을 하는 소교주의 모습에서 확신으로 바뀌었다.

 '새로운 수련법이다!'

 기철이 제일 먼저 엎어져 눈물도 나지 않는 곡을 해 댔고, 곧이어 이환과 눈치 빠른 몇몇 무사가… 그리고 이내 이백의 무사 전원이 엎어져 곡을 했다.

 그들 속에서 소교주를 제외하고는 이환만이 눈물을 흘렸다.

 자신의 손으로 베어야 했던 여인, 자신의 딸을 낳아 줬음에도 단 한 번도 아내라 불러 주지 못했던 여인을 을 위해…….

◈　◈　◈

 개방 난주 분타주인 이귀개(耳貴丐)는 혹시 행간에 숨겨 놓은 다른 뜻이 있나 싶어 다섯 번씩이나 읽은 서찰을 내려놓으며 물었다.
 "이걸 믿으라고?"
 "그게… 진실 여부는 아직 파악 중이온지라……."
 "뭘 파악해?"
 "새로운 마교의 연공법……."
 "이런 빙충이! 그게 가당키나 해? 제 손으로 죽인 놈들의 제단을 쌓고 대성통곡을 해서 무공이 높아지면 그간 고수가……."
 말을 잇지 못했다.
 자신이 죽인 이의 제단을 쌓고 대성통곡을 한다?
 그런 이가 강호에 존재하나?
 왜? 죽였다면 원수이거나 그와 유사한 적인데…….
 '이거 설마……?'
 "하긴 그 빌어먹을 소악마가 무공이 늘지 않을 일에 이런 수고를 할 리가……."
 "없습죠. 그 작자는 숨 쉬는 것까지 연공의 선상에 놓고 사는 인물이오니."
 "그렇긴 하지."

다시 서신에 눈길을 주었던 이귀개가 명을 내렸다.

"깊이 파! 필요하면 인원 더 쓰고."

그제야 사태를 제대로 파악한 이귀개의 명에 마교 중원 분타인 적하장과 가장 가까운 장액을 책임지고 있는 구렴개(九斂丐)가 고개를 숙였다.

"예, 장로님."

구렴개가 돌아간 후, 이귀개는 고심했다.

'이걸 백도맹과 총타에 보고해야 하나?'

하지만 갈등은 길지 않았다.

자신은 판단을 위해서가 아니라 작은 것도 놓치지 말라는 명을 받고 와 있음을 기억하기에.

진천명은 창밖으로 드넓게 펼쳐진 낙양의 거리를 내려다보았다.

이름 없는 문파의 말단 무사에서 시작해 백척간두에 서서 칼날을 밟는 심정으로 육십 성상을 거쳐 이 자리에 섰다.

백도 제일인의 자리라고는 하나 권좌란 생각은 가져 본 적이 없다.

그 긴 시간, 살을 가르고 뼈를 깎으며 피를 토한 것이 고작 권력을 위한 것은 아니었으므로.

"맹주님."
"무슨 일인가?"
"군사께서 뵙길 청하십니다."
수신위의 보고에 가볍게 고개를 끄덕인 진천명이 발길을 옮겼다.

초대 맹주였던 사자철검(獅子鐵劍)의 별호를 따서 명명된 사자전에 들자 기다리던 군사가 포권을 취해 왔다.
"제갈향이 맹주를 뵈옵니다."
"어서 오시구려. 그래, 무슨 일이오?"
"이것을……."
자신이 내미는 서찰을 받아 드는 맹주에게 제갈향이 설명을 이었다.
"개방 난주 분타에서 온 서찰입니다."
그 말에 진천명의 눈빛이 사나와졌다.
"마교의 일이오?"
"예."
"이번엔 또 무슨……."
뒷말이 흐려지고 침음이 흘렀다.
"…흐음."
말을 침음으로 바꾼 맹주의 변화가 무엇 때문인지 잘 아는 제갈향의 음성이 조심스러워졌다.

"다소 황당한 보고이오나 그가 괜한 일을 벌일 인사가 아닌지라……."

"……."

여전히 아무 말 없이 서신만 뚫어져라 바라보는 맹주에게 제갈향이 말을 이었다.

"우리의 눈을 속이고 무엇인가 일을 벌이려는 것은 아닌지도 생각해 보았으나……."

군사가 하고자 했던 뒷말을 침음을 거둔 맹주가 대신 했다.

"마음에 드는 적은 아니나 그럴 인사는 아니지."

"그렇습니다. 이쪽을 치겠다고 대놓고 선전포고를 할지언정 잔꾀를 낼 작자는 아니니까요."

"그래서 정말로 군사도 이게 새로운 연공법이라 믿는 겐가?"

"설마 그럴 리가요."

"하면?"

"알아봐야겠지요."

"무얼 말인가?"

"왜 그러는 것인지를……."

"어떻게?"

진천명의 물음에 제갈향이 사지를 털고, 한쪽 무릎을 꿇어앉으며 포권을 취했다.

"백도맹 이십삼 대 군사 제갈향, 맹주께 특령(特令)을 청하옵니다."

"흐음……."

또 다른 의미의 침음이 진천명의 입에서 흘러나왔다.

"방법은 그뿐입니다."

고개를 숙이는 제갈향의 음성에 침음을 끊어 낸 진천명의 물음이 흘렀다.

"남은 특령의 수가……?"

"하… 나입니다."

"그것마저 풀어 내면……."

"앞으로 긴 시간, 마교 내부의 일에 대해선 아무것도 알지 못하게 될 것입니다."

"한데도 특령을 청하는가?"

"그가 움직였으니……."

적하마도(赤霞魔刀), 그 빌어먹을 애송이 자식!

"불가!"

"맹주님!"

다급한 군사의 부름에도 진천명은 고개를 저으며 일어섰다.

알량한 자존심이라 해도 좋고, 쓸데없는 오기라고 해도 좋았다. 그 자식에게 겁을 먹고 하나뿐인 특령을 쓸 생각 따윈 없었다.

"맹주님!"

다시금 부르는 군사의 다급성을 뒤로하고 사자전을 벗어난 진천명의 입에서 욕설이 터져 나왔다.

"빌어먹을 자식!"

자신의 철혈검(鐵血劍)을 막아 낸 적하도(赤霞刀) 너머로 보이던 놈의 눈이 떠올랐다.

자신조차 숨이 막히던 그 차갑고 전율스런 살기로 가득 찬 눈이…….

놈과 마주 섰던 두 달 전 그날부터 매일같이 찾는 맹주 전용 지하 연무장으로 향하는 길에 올려다본 하늘은 그의 마음처럼 잔뜩 흐려 있었다.

깔끔하다 못해 허전했던 대전으로 들어서던 천석평의 발걸음이 멈춰졌다.

진한 향 내음에 생경한 제단, 그리고 그 제단을 도는 눈두덩이 시퍼런 도사 둘.

그리고…….

"뭐… 하십니까?"

"보면 몰라. 곡하잖아!"

"그러니까… 왜 그걸 하시냐는 말씀입니다."

"그 자식… 요새 이거 한다면서?"

교주에겐 자신을 제외한 모두가 그 자식이다. 하니 저리 말해서는 그 자식이 누군지 모른다.

하지만 오늘만큼은 대상이 명확했다. 느닷없이 등장한 제단과 도사 때문에…….

"제자를 시기하는 사부라니, 부끄럽지도 않으십니까?"

"부끄러워? 이게? 정말 부끄러운 건 그 자식 도를 막다 엉덩방아를 찧은 거야! 빌어먹을!"

당장 누군가를 잡아먹을 듯 사납게 변하는 교주의 얼굴을 보며 천석평이 한숨을 내쉬었다.

"하아~ 이제 좀 잊으시지요."

"잊어? 어떻게 잊어? 네놈은 네 제자 놈한테 작전이 틀렸다는 걸 지적받고, 결국 정말로 틀렸다는 걸 확인당한 걸 잊을 수 있어?"

"그, 그야…….''

얼굴이 흐려진 천석평에게 교주가 삿대질을 해 댔다.

"지도 못할 걸 나한테 왜 시켜!"

그 말에 달리 할 수 있는 변명은 없다. 그렇다고 다시 엎드려 곡을 하려는 교주를 그냥 둘 수도 없었다.

"그게 정말 연공법이라 믿으십니까?"

"너도 내가 병신처럼 보여?"

의외의 말에 천석평이 눈을 크게 떴다.

"한데 왜……?"

"애새끼들이 노력도 하지 않는다잖아. 제자보다 모자라면 배우기라도 하라잖냐. 설마 못 들은 거야?"

"흐음……."

교주의 귀에 들어가지 않도록 그렇게 애를 썼건만……. 누군가 교 내의 무사들이 수군거리는 말들을 전한 듯했다.

"그래도 일단 제 말을 좀 들어 보신 연후에……."

"뭔데?"

못마땅한 얼굴로 다시 일어서는 교주에게 천석평이 서찰 하나를 내밀었다.

"글자만 보면 두드러기 돋는 거 몰라서 그래? 그냥 말로 해."

"하아~ 예, 그러지요. 소교주……."

"그 자식!"

"소교주께서……."

"너 이 자식! 네 스승의 아들이라고 감싸고도는 거야? 그렇게 보면 난 네 친구야! 그것도 오십 년 지기 불알친구!"

안다. 그래서 한림원 대학사까지 때려치우고 이 지랄을 떨고 있는 거니까.

그래도…….

"소교주께서 공동에 배첩(拜帖)을 보냈답니다."

"공동!"

고집을 밀어내고 차가운 광망이 교주의 눈에 들어섰다. 이제 제대로 된 대화가 될 것이란 생각에 천석평의 말이 핵심만 짚어 빨라졌다.
"내용은 모릅니다. 다만… 적도대(赤刀隊)가 공동산으로 움직인답니다."
모두 붉은 칼을 쓰는 탓에 붙여진 이름이다.
교주는 그 이름 때문에 지들 주인 놈처럼 모두 적도(賊徒)라고 몰아붙이곤 했지만…….
"그 자식, 다시 백도랑 붙겠다는 거야?"
"그게… 움직이는 건 적도대뿐입니다."
마교 중원 분타라 불리는 적하장(赤霞莊)엔 무력 집단이라고는 적도대 하나뿐이다.
그럼에도 다른 무력 집단이 움직이지 않음을 언급한 것은…….
"어쩐 일이야? 그 자식 일이라면 일단 무조건 따르고 보는 총타의 대주들이 가만히 있게?"
"경거망동하지 말라는 명이 미리 있었답니다."
"그 자식이?"
"예, 그 자식… 소교주께서 그렇게 미리 서신을 보내셨답니다."
"그럼 공동만 들어먹을 생각인가?"
금방 시들해지는 교주에게 천석평이 말을 이었다.

"설마… 그냥 두실 생각은 아니시죠?"
"왜, 말리기라도 해야 하나?"
"당연하죠. 공동만 들어먹는다고 백도맹이 그냥 있을 것 같습니까?"
"맹주좌에 앉아 있는 진가 놈 참을성으로 봤을 때 절대 아닐걸."
"그러니 말려야 한다는 겁니다."
"누가? 내가?"
"그럼 교주님이 말려야지 소교주님을 누가 말립니까?"
답답하다는 듯이 바라보는 천석평에게 교주가 손가락 하나를 세워 좌우로 흔들었다.
"무슨 그런 말도 안 되는……. 내가 가서 '하지 마.' 그런다고 그 자식이, '네, 사부.' 그러는 놈이야?"
"그, 그건……."
"네가 생각해도 그런 놈은 아니지? 자- 거기서 그 자식이 내 말 안 들으면 내 꼴은 뭐가 돼?"
"그럼 야단을 쳐서라도……."
"왜? 또 한 번 제자한테 밀려서 넘어지는 꼴이라도 보이라고?"
"그, 그때야 너무 방심하셔서……."
"방심? 그럼 진가 놈도 방심해서 그 자식을 살려 보냈대? 웃기지 마! 낙양까지 혼자 쳐들어가서 백도맹 장로 넷을 작살내고 진가 놈 얼굴에 똥칠하고서도 낙양 성 성문으로 버젓이 걸어 나온 새끼야, 그 자식이."

사람들은 이해를 못한다.

일대일로 밀리지 않았다면 조력을 받는 쪽에 승산이 있는 것이 일반적일 테니까.

하지만 그 일반적 잣대가 소교주인 적하마도에겐 통하지 않는다. 그가 익힌 적하도법이 일대일이 아니라 다대일 전투에 특화된 무공이기 때문이다.

누군가 나서서 진실 여부를 확인한 건 아니지만, 백도맹주인 철혈부동 진천명이 적하마도와 겨룬 직후, 자신이 둘이나 셋이었어도 제압은 불가능했을 거라 말했다고 한다.

그리고 그 말을 전해들은 마교의 교주 적혈검마(赤血劍魔) 제현이 고개를 끄덕였다나…….

전자는 확인할 수 없었지만 후자는 천석평이 확인했다. 자신의 두 눈으로 직접.

"그래서 안 말리신다고요?"

"말린다고 들을 놈도 아니고, 나도 쌓인 게 많은데 이참에 그 자식 덕에 백도 놈들하고 다시 한 번 붙지, 뭐. 나쁠 것도 없어!"

기가 막혔다. 어쩜 이리도 똑같은 생각들뿐인지……. 말단 수문 무사부터 자신이 맡고 있는 군사전의 문인들까지 모두가 비슷한 생각이었다.

이십 년 넘게 동고동락 했어도 여전히 이해하기 힘든 동네였다.

"교주님!"

천석평의 음성에 힘이 들어간 탓일까? 힐긋 돌아본 교주가 어깨를 으쓱여 보였다.

"기다려 봐. 손속이 필요 이상으로 잔혹하고 싸가지가 없어서 그렇지, 생각 없는 놈이 아니라는 건 네가 더 잘 알잖아."

그 말에 어깨에서 힘이 빠졌다.

교주의 말대로 소교주의 성품은 자신이 더 잘 안다.

하지만 그래서 더 불안감이 컸다.

요사이 올라온 보고대로면 소교주는 자신이, 천석평이 아는 그가 아니었다.

절대로!

그렇게 따라오지 말라는데도 기어코 따라온 적도대 이백 무사와 반대편을 가득 메운 공동파 도인 오백의 시선을 받으며 서원을 걸었다.

쪼개지고 짓이겨진 정문을 지나 불타고 무너진 외원을 통해 핏자국이 분명할 얼룩덜룩한 흔적이 남은 내원에 들어섰다.

 문짝이 떨어져 나간 내실이 핏자국으로 엉망이 된 채 속살을 내보이고 있었다.

 그 안에서 아내가 쓰러진 흔적이 보였고, 사지가 잘려 나간 딸아이가 숨을 거둔 자리가 보였다. 자신이 칼을 받던 곳도 한쪽에 그대로 있었다.

 시신들은… 보이지 않았다.

 하긴 사건이 벌어진 직후 공동에서 나와 시신들을 모아 화장하고 제를 올렸다던가…….

 한참 동안 내실을 우두커니 바라보던 마교의 소교주, 적하마도가 느닷없이 신형을 돌려 다가오자 공동파 제자들의 목으로 마른침이 넘어갔다.

 "이곳의 시신들을 모아 장례를 치렀다 들었다."

 고맙고 또 고마운 일인데 음성은 왜 이리 차고, 말투는 또 왜 이리 날카로울까?

 "그랬소만, 마교… 귀 교와 어떤 관계인지는 모르나 망인(亡人)들이오. 단지 그들에 대한 예우였으니 오해는 하지 않기를…….."

 공동파 장문인인 천성자의 음성이 흩어지고 놀란 눈만 남았다.

 척!

"고맙다."

날카로운 음성에 싸가지 없는 말투지만 그가, '마교의 움직이는 벽력탄'이라 불리고, 천하쌍웅(天下雙雄)을 천하삼웅(天下三雄)으로 불러야 한다는 소문의 근원인 적하마도가 먼저 포권을 취했다.

그리고…….

"허억!"

천성자의 입에서 새어 나간 비명 같은 침음의 뒤로…

찰싹-

누군가 자신의 뺨을 치는 소리가 여기저기서 들렸다.

하긴 보면서도 믿지 못하겠는 건 천성자도 마찬가지였으니까.

그 소란 속에 숙였던 고개를 들고, 포권을 푼 적하마도가 신형을 돌렸다. 그런 그를 당황과 경악으로 물들어 있던 적도대가 힘없이 따랐다.

멀어져 가는 그들을 멍하니 바라보던 대장로가 천성자에게 물었다.

"저거… 가짜겠죠?"

그 말에 천성자는 자칫 고개를 끄덕일 뻔했다.

제3장

빚 갚기에 밀린 진실 찾기

서원(書院)은 난주의 북부에서 서쪽으로 치우친 백은에 있었다.

그리고 백은은 공동의 권역이다. 그것이 서원으로 들어서며 공동에 배첩을 보낸 원인이었다.

물론 그곳을 멸할 때는 그따위 절차는 밟지 않았지만…….

이곳으로 오기 위해 보름을 갈등했다. 자신이 누구인지 알기 위해서.

그 고민의 끝에 적하마도는 젊은 서원주의 팔을 들어 주었다. 적어도 피에 미친 마두는 되고 싶지 않았으니까.

물론 확신은 없다.

아직도 두 가지의 기억이, 두 마음이 같은 무게, 같은 양으로 공존하고 있었으므로.

 그렇게 젊은 서원주의 마음을 들고 서원을 찾았음에도 심장을 쥐어짜는 슬픔은… 그에게 다가오지 않았다.

 안타깝고, 서러웠지만… 그들의 죽음에 적하마도의 심장은 담담했다. 그 섬뜩함이 오랜 시간 서원에 머물지 못하도록 만들었다.

 그렇게 돌아가는 길은 무겁고, 서러웠다. 자신이 젊은 서원주라 다짐하고 또 다짐했지만, 그렇게 다짐해야만 하는 그의 마음이 검은 먹구름같이 어둡고 외로웠… 아니, 혼자가 아니었던가?

 비로소 동행이 있다는 사실을 자각하고 뒤를 돌아봤다. 축 처진 어깨들이 여름 땡볕에 늘어진 부추 같았다.

 '하아~'

 남모르게 한숨이 가슴속을 돈다.

 고마운 걸 고맙다 말하고, 그 마음으로 고개를 숙였다. 인간이라면 당연한 일에 저들은 좌절한다.

 그러고 보면 자신의 마음속 한편도 못마땅함으로 가득하다.

 '하아~'

 많은 의미를 담은 한숨이 다시 마음속을 휘돌았다.

 꼬르르륵.

 누군가의 배 속에서 들려온 소리에 하늘을 봤다. 해가 서

쪽으로 치우쳤다. 새벽에 나왔으니 저들은 아침과 점심을 걸렀다.

"저곳으로 가지."

그의 말에 이백 쌍의 눈동자에 놀람이 담겼다.

그러거나 말거나…….

지난 며칠간 저 눈빛은 항상 자신을 따라다녔다. 핼쑥해지는 낯빛과 넋 나간 표정도 함께……. 그렇다 보니 이젠 무감각해져 간다.

지금도 별로 상관하고 싶지 않았다.

그렇게 놀란 수하들을 무시하고 길가 객잔에 자리를 잡자 이환과 기철이 슬금슬금 자신의 곁에 앉고 나머지가 이곳저곳에 나뉘어 앉았다.

그래도 자리가 부족했다.

"나머지 애들은 다른 곳에 자리를……."

기철의 말은 중간에서 잘렸다.

잔뜩 겁을 집어먹고 벽에 붙어 있는 객잔 주인과 점소이를 적하마도가 본 탓이다. 다른 곳에서 또 저런 상황을 연출하고 싶은 마음은 없었다.

"아니, 그냥 이곳에서 먹자."

명이 떨어지자 이환의 전음이 적도대원들에게 전해졌다.

그리고…….

탁자와 의자가 한쪽으로 차곡차곡 쌓여 치워지고, 자리가 없어 밖에서 서성이던 대원들이 들어왔다.

　그렇게 식당 바닥을 식탁 삼아 이백 무사들이 빼곡히 둘러앉았다.

　"이것도 치워라."

　자신이 앉은 탁자를 가리키는 적하마도의 명에 기철이 황급히 고개를 저었다.

　"어찌 그런 황망한 일을……."

　"말이… 많다."

　차가운 음성이 끝나기 무섭게 식탁과 의자가 치워졌다. 그리고 적하마도와 이환, 기철도 바닥에 주저앉았다.

　"주문받아!"

　기철의 고함에 무사들 사이로 좁게 난 통로를 따라 점소이들이 아닌 객잔 주인이 달려왔다.

　"예, 대, 대협! 무, 무엇을 드리올지……?"

　"소면."

　이백 개의 머리가 저마다 생각해 두었던 요리는 적하마도의 음성 하나로 모두 사라졌다.

　"소, 소면이요?"

　"그래."

　"예, 예! 대협."

　객잔 주인이 물러가고 얼마 후, 점소이들이 소면을 내오기 시작했다.

적하마도와 이환, 기철을 시작으로 먼저 받는 사람들부터 식사가 시작되어 일각이 지나기도 전에 이백의 식사가 마무리되었다.

그리고… 침묵이 이어졌다.

눈을 감고 있음에도 등 뒤로 객잔 주인의 시선이 느껴지는 듯했다.

식사가 끝나자마자 적하마도는 기철을 바라보았다.

기철은 그런 적하마도를 왜 그러냐는 듯이 물끄러미 쳐다만 보았다.

'원래 이런 건 밑에 애들이 알아서 하는 거 아니었나?'

하지만 기억을 더듬고 뒤져서 찾아낸 장면은 적하마도의 정신을 아득하게 만들기에 충분했다.

기억에서의 적하마도는, 또 마교의 무인들은 밖에서 밥을 먹고 돈을 내 본 적이 없다.

'빌어먹을!'

'돈을 왜 안 내?'란 의문에 자동적으로 딸려 나온 생각은 '마교가 돈 내는 게 더 우습지.'였다.

식은땀은 아마 그때부터 흐른 듯했다.

그렇게 시간이 흐를수록 적막은 더 무거워져간 갔다.

"저기… 다 죽일까요?"

우당탕!

갑작스런 소란에 눈을 뜬 적하마도의 시선이 계산대 쪽

으로 향했다.

그곳에선 혼절한 객잔 주인을 공포에 찌든 점소이들이 흔들고 있었다.

시선에 못마땅함을 담아 기철을 바라보니 검병에 손을 올린 채 그가 일어섰다.

"왜?"

"처리하라 하셔서……."

'설마 이 눈빛을 그렇게 이해한 거야?'

미간이 찌푸려지자 기철이 급히 변명을 해 댔다.

"며, 명을 내리시기 전엔 움직이지 말라 하셔서… 송구합니다. 다음부터 알아서 처리……."

"앉아."

자신의 명에 복잡한 신색으로 주저앉는 기철에게 적하마도가 물었다.

"돈… 있나?"

"저야… 없습죠."

기철을 떠난 시선에 고개를 맹렬하게 젓는 이환이 보였다.

적하마도 자신도 없고, 기철도 없고, 이환도 없으면 방법은 하나뿐이다.

"돈… 걷어라."

두 냥. 금자도 아니고 은자 두 냥.

그게 적도대 이백을 모조리 뒤져서 나온 금액 전부였다. 웃긴 건 그것마저 한 명의 주머니에서 다 나왔다는 것이다.

그러니까 나머진 전부 빈털터리다.

"흠……."

손바닥에 올려놓은 은자 두 냥을 바라보며 적하마도는 침음만 흘렸다. 객잔에서 가장 싼 요리가 소면이라지만 자그마치 이백 그릇이다. 은자 두 냥으론 어림도 없을 터였다.

'사정을 해야 하나……?'

여전히 정신을 차리지 못하는 객잔 주인과 이젠 눈물까지 보이는 점소이들을 바라보며 그것도 불가능하다는 걸 깨달았다.

별 거지 같은 걸 다 고심한다는 생각이 불쑥불쑥 올라왔지만 지그시 내리눌렀다.

'방법을 찾아야 하는데…….'

불감청고소원이라던가? 객잔 밖에서 들려오는 소리에 적하마도의 시선이 돌아갔다.

"도둑이야!"

고래고래 소리를 지르며 쫓아가는 여인과 재빠르게 도망가는 놈 하나.

두 번 생각할 것 없이 기철을 바라보며 고갯짓을 했다.
"잡아 와!"
명이 떨어지기 무섭게 눈을 번뜩인 기철의 신형이 사라졌다.
그리고 숨 한 번 쉴 정도가 지났을까? 의기양양한 표정의 기철이 무언가를 끌고 다시 나타났다.
"대령했습니다."
고개를 숙이는 기철의 말끝을 자지러지는 비명이 채웠다.
"꺄아아아악!"
자신 앞에 던져진 여인의 비명에 적하마도의 눈살이 찌푸려졌다. 순간 번개같이 움직이는 기철의 손.
"……."
입을 벌리고 잔뜩 인상을 쓰던 여인의 눈이 당황으로 물들었다.
왜 아닐까?
본인은 악을, 악을 써 가며 비명을 지르는 중이건만 소리가 나오지 않으니 놀랄밖에.
"잠시 아혈을 짚는 것을 잊은 탓에……. 송구합니다, 소교주님."
눈을 감고 심호흡을 했다.
그리고 눈을 떴을 땐… 소면 그릇에 얻어맞은 기철이 보였다.

아직은 적하마도의 몸과 마음이 가끔 따로 논다. 자꾸 뒤섞이는 둘의 마음처럼…….

"주, 죽을죄를……."

바닥에 엎어지는 기철의 머리 위로 길게 늘어진 소면 한 가닥이 애처로웠다.

'하아~'

깊은 한숨이 적하마도의 마음속을 휘돌았다. 애써 다잡으며 시선을 돌려 이환을 바라봤다.

"이 소저는……."

뭐냐, 이 아쉬운 마음은……. 빌어먹을 놈, 도대체… 에이! 또 욕설을…….

"돌… 려 보내고 도둑놈, 잡아 와."

이환의 눈 속에 스며들었던 당황과 갈등은 떠오를 때보다 더 빨리 사라졌다.

그리고…….

"도둑놈을 잡아 오란 명이시다!"

이환의 고함에 이백, 적도대 전체가 객잔을 뛰쳐나갔다.

그렇게 일각이 흐르고…….

"흐음……."

침음이 깊었다.

그렇게 인상을 잔뜩 찌푸린 적하마도 앞에 수십 명의 도적들이 무릎 꿇려 있었다.

 천성자와 오백 공동파 제자들은 백은에서 공동산으로 향하는 관도 위에서 발이 묶였다.
 짧은 시간 내 소나기 퍼붓듯 도착한 일곱 통의 서찰을 앞에 둔 천성자의 표정은 그의 마음만큼이나 난해했다.
 "이게 뭐 하는 짓이라 보시오?"
 천성자의 물음에 장로들은 저마다 고개를 젓기만 했다. 그나마 대장로만이 답을 했을 뿐이다.
 "청소……."
 범법자를 잡아들여 지역의 안녕을 꾀하는 것도 광의(廣義)로는 청소가 될지도……. 그런데 지들 권역도 아니고 백도인 공동의 권역에서 그걸 왜?
 "마교가 한단 말이오?"
 그 물음엔 대장로마저 입을 다물었다.
 분란을 부추겨도 모자랄 판에 백도의 안녕을 위한 범법자 청소라니, 절대로 마교가 할 일은 아니었다.
 "아무래도 안 되겠소이다. 내가 그를 다시 만나 봐야겠소."
 일어서는 천성자의 발길을 여덟 번째 급보가 잡았다.

"차용증?"

천성자의 물음에 여덟 번째 급보를 들고 부리나케 달려온 개방의 제자가 고개를 조아렸다.

"예, 장문인. 은자 열여덟 냥짜리 차용증을 써 주고 돌아갔답니다."

"하필 왜 열여덟 냥?"

"그게 식대 부족분……."

"식대?"

마교가 어디에서 밥 처먹고 돈 냈다는 소리는 들어 본 적이 없다.

오죽하면 마교를 손님으로 받고도 사람 안 죽고, 객잔 박살 나지 않았으면 그 주인은 대박 맞은 것이란 소문이 파다했을까.

"예, 장문인."

"한데 얼마를 처먹… 아니 먹었기에 겨우 은자 열여덟 냥이 모자란다고…….'

"소면만 이백 그릇이랍니다."

"소면? 겨우 소면만 먹었다?"

"예, 장문인."

개방도의 답에 한참 고심하던 천성자가 대장로를 돌아봤다.

"아무래도 정말 가짜인 모양이오."

◈　　◈　　◈

 적하장은 죽음처럼 짙은 적막에 내리눌리는 중이었다.

 차용증까지 써 주고 돌아왔는데 갚을 돈이 적하장에 없다는 걸 알고 좌절한 적하마도 때문이었다.

"돈이 없다?"

"예, 소교주."

"왜?"

"일전에 풀어 준 이들에게 지급한 보상금 탓에……."

'거봐, 이 미친…….'

 불쑥 치고 올라오는 마음을 가늘게 내쉬는 심호흡으로 내리눌렀다.

"후우~ 그래, 모두 얼마가 들었기에."

"금자로 오백 냥 정도……."

 금자 오백 냥, 은자로는 이천오백 냥, 철전이면 이만 오천 닢. 많은 돈이다. 그건 안다.

 하지만 문제는 규모의 경제다.

 이만한 단체에 금자 오백 냥을 들어냈더니 돈이 없다?

 지나가던 개가 웃을 소리다.

"하면 애들 녹봉은 뭐로……."

 물음은 중간에 끊겼다. 녹봉을 주었던 기억이 없었기에…….

그리고 그것을 이환이 확인시켜 주었다.
"녹봉… 관인 나부랭이도 아닌데 녹봉은 무슨……."
비실거리며 웃는 게 어이없다는 표정이다. 그게 마음에 들지 않았다.
"이 새……."
이젠 욕이 아무 때나 튀어나온다.
간신히 목구멍 안으로 밀어 넣었지만 이환은 어느새 바닥에 엎어졌다.
"소, 속하가 미쳤나 봅니다. 요, 용서를……."
'하아~'
요사이 가슴 속을 한숨이 채우는 시간이 점점 늘어난다.
"앉아."
후다닥 일어나 앉는 이환에게 적하마도가 다시 물었다.
"그럼 쌀은 어찌……."
그 물음도 중간에서 끊어졌다.
애들과 함께 상가 하나를 탈탈 털어 오던 일이 떠오른 탓에…….
"이런 빌어먹을!"
결국은 욕설을 내뱉고야 말았다.

이환과 기철을 내보낸 적하마도가 기억을 모조리 뒤적였다. 두 개의 기억이 마구 뒤엉킨 탓에 한참을 고생했지만 찾

빚 갚기에 밀린 진실 찾기 • 69

고자 하는 것은 모조리 찾았다.

그리고… 허탈했다.

마교의 무인은 결혼을 하지 않는다. 사랑하고, 애들 낳고, 가정을 꾸려야 할 시간에 칼 한 번 더 휘두르는 것이 목숨을 보전하는 지름길이기에.

그래서 후대는 자손이 아니라 제자가 잇는다.

그러다 보니 애틋함도 적다. 제자가 크면 그놈 또한 강자 지존의 경쟁자이기에.

그렇다고 대충 가르치는 법은 없다.

상대가 제자와 함께 공격해 오면 이쪽도 제자와 함께 방어를 해야 하니까.

그런데 자신의 제자가 시원치 않으면… 병신 되는 거다. 팔다리 하나 없는 그런 게 아니라 제자 하나 제대로 가르치지 못한 덜떨어진 병신.

그때부턴 어딜 가나 병신 소리를 듣는다. 그게 싫으면 죽자고 가르치는 수밖에.

혹자는, 주로 백도의 개자식들…….

'흐음…….'

백도인들이 마공이 속성이라 성장이 빠르다고 말한다.

하지만 우리처럼 가르치면 백도의 무공도 비슷한 성취를 보인다. 이건 실제로 실험도 해 본 거니까 믿을 수 있는 결론이다.

각설하고, 가족이 없다. 그러니 유지비가 적게 든다.

그 별거 아닌 유지비가 들어갈 일도 교가 알아서 다 해 준다.

밥 먹이고, 옷 해 주고, 무기 주고, 술도 그냥 준다.

그러니 돈이 필요 없다. 당연하게 녹봉도 없다.

그런데 왜 붙어 있냐고?

백도 애들 말처럼 천마신교의 충실한 신도라서?

웃기는 소리!

마교 무인들 중 절반 이상은 마교의 경전인 천마경(天魔經)을 본 적도 없다. 그러니 신앙심 따위 개뿔도 없다.

천마를 신봉하지 않느냐고?

천마를 신봉하면 뭐가 생기는데?

마교의 무인들에게 천마는 옛날, 옛적의 강자다.

존경은 하지만 죽은 놈을 신봉하는 따위의 허접스러운 일은 하지 않는다.

대신 지금의 강자를 믿는다. 작게는 조장, 넓게는 대주, 높게는 교주를!

왜냐고?

강하니까! 나보다 강하고, 내 동료보다 강하고, 저 웃긴 백도 개새… 들보다 강하니까. 강한 것은 진리다.

강자지존(强者至尊)!

이 네 글자에 우린 모든 것을 건다. 그게 마교의 무인이다.

그래서 강자에게 허리를 굽히는 걸 부끄러워하지 않는다. 노력하면 언젠가 저자를 넘어서 자신이 존중을 받을 것이라 믿기에.

 그땐, 지금 자신의 복종을 받는 저자도 내게 진심으로 복종을 바칠 테니까.

 그래서 싫어하는 것이다. 꺾였으면서도 뻗대는 백도 새끼들을.

 '하아~'

 허탈을 넘어 망연자실했다. 여긴 지옥보다 더한 아집의 집단이다.

 물론 사내다운 면에서 조금 멋지다는 건 인정한다.

 가만! 멋져? 그 아집이…….

 '빌어먹을!'

 뒤섞인 생각 때문이든 뭐 때문이든, 인정은 한다.

 그 맹목적인 믿음이 멋지다는 건!

 그런데…….

 이 자식들 돈은 안 번다.

 해 뜨기 전부터 무공 연마로 시작해서 해 지고 밤 깊을 때까지 무공만 들입다 판다. 그리고 그렇게 탄탄하게 닦은 무공으로 약탈한다.

 백도처럼 이권도 없다.

 권역을 정해 놓고 보호세를 받거나, 뭐 기부를 받거나 그런 것조차 없다는 소리다.

　요새와 다를 바 없는 총타나 분타에 틀어박혀 문 닫아걸고 들입다 무공만 파다 필요한 게 생기면 우르르 몰려 나가 죄다 털어 오는 거다.

　나가면 죄다 내 계집이고, 내 재산이니 소유의 욕구도 없다.

　그런 까닭에 수백만이 넘던 일반 교도가 이젠 총타가 있는 천산 부근의 산악 부족 몇천밖에 남지 않았다.

　당연히 중원 분타인 적하장에는 딸린 교도가 없다. 자그마치 반경 칠백 리에 달하는 권역에 단 한 명도!

　'가만! 권역? 반경 칠백 리?'

　기억들을 다시 뒤졌다. 그리고 적하마도의 입가에 미소가 깃들었다.

　기철과 이환은 소처럼 눈만 껌벅거렸다.

　그 모습에 적하마도는 순간적으로 찻잔을 움켜잡는 손을 가까스로 정지시켰다.

　피할 생각도 못하고 두 눈을 꼭 감고 이마에 힘을 잔뜩 주고 있는 기철과 이환을 바라보니 한숨만 나왔다.

　"하아~"

갑작스런 한숨 소리에 눈을 뜬 두 사람에게 다시 말했다.
"권역… 확실하게 잡으라고."
두 번 들어도 이해가 가지 않는 것은 변하지 않았다. 그렇다고 이번에도 눈만 껌벅거리면 찻잔은 반드시 날아온다.
"저기……."
"왜?"
"권역이… 어딥니까?"
기철의 물음에 잠깐 어찔했다.
정신을 차린 적하마도가 기철을 보니 그는 나자빠져 있고, 멀쩡한 찻잔은 응접실 구석에 뒹굴고 있었다.
기철의 이마를 치고 응접실 벽에 부딪친 찻잔이 깨지지 않았다… 내력!
기철이 정신을 잃은 채 나자빠진 이유를 납득하는 순간이었다.
하지만 이렇게 순순히 납득당하는 자신이 싫었다.
"하아~"
다시금 터지는 한숨을 이환은 달리 받아들인 모양이다.
"저, 저는 압니다. 치, 칠백 리. 적하장을 중심으로 반경 칠백 리입니다."
속사포처럼 떠들어 대고는 눈을 감고 오만상을 찌푸린다.

금방이라도 찻잔이 날아올 것 같은 모양이다.

한데 아무런 일도 벌어지지 않자 이환이 슬그머니 눈을 떴다.

"저기… 칠백 리 맞습니까?"

욱!

끓어오르는 울화를 적하마도는 애써 내리눌렀다.

"하아~, 하아~, 하아~"

한숨을 길게 세 번을 나누어 쉬었다.

한 번 정도 더 쉬었으면 좋겠는데 부스럭거리며 일어서는 기철 때문에 중단했다.

깨어나는 시간조차 마음에 들지 않는 새끼!

불쑥 튀어 올라오는 생각에 이번만은 고개를 끄덕이고 싶었다.

하지만…….

"괜찮냐?"

일어서던 기철도, 자신의 뛰어난 기억력에 찬탄하고 있던 이환도 그림처럼 멈춰졌다.

그리고 천천히 돌리는 고개……. 그리고 마치 신기한 동물 바라보는 듯한 눈빛!

까강!

거친 발길로 응접실을 벗어나는 적하마도의 뒤로 정신을 잃은 채 나동그라진 기철과 이환의 주변을 굴러다니는 찻잔 두 개가 보였다.

활활 타오르는 여덟 쌍의 눈동자를 보며 물었다.
"왜 여덟뿐이지?"
"예? 그야… 일 조는 소교주님 친위조고, 육 조는 이환 부대주의 조인지라 조장은 저희 여덟뿐입니다만……."
그제야 기억의 한 토막이 떠올랐다.
자신은 마교의 소교주인 동시에 적하대의 대주이자 적하대 일 조의 조장이다.
소교주이면서 일개 무력 집단의 대주를 맡은 적은 창교 이래로 처음이라나. 그 탓에 그를 향한 마교 무력 집단 대주들의 충성도는 교주 이상이다.
여하간 적도대는 자신과 이환을 끼워 넣어 딱 이백이다. 만들어진 뒤로 수없는 전투를 치렀지만 아직까지 전사자는 없다.
그만큼 대단한 놈들로만 만들었다. 그리고 지금도 혹독하게 굴린다.
아! 자신이 혼란스러워진 이후로는 아니었지만.
가만, 그러고 보면 기철은… 수신위! 호법원에 소속된 놈이다. 그래서 칼도 붉은 색이 아니라 일반 장검을 쓴다.
그런데… 그 덜떨어진 두 놈이 모두 장로급이다.
나이가……?

'이런!'

장유유서는 쌈 싸 먹으란 호통이 머릿속을 울렸다. 고맙게도…….

어쩌면 강자지존, 자신도 좋아하게 될지도 모르겠다는 생각이 드는 순간이었다.

"그럼 일 조와 육 조는 장원 경비로 남기고…….'

그 말은 대주와 부대주, 그러니까 소교주와 이환은 장원에 남는다는 소리다.

각조 단독 작전!

여덟 조장들의 눈이 불타오르다 못해 파랗기 일어섰다.

그들에게 명령이 떨어졌다.

"나서면 멈추지 마라. 주저하지도 말고, 타협도 마라. 무조건 일 할이다."

"그럼 구 할은 죽이는 겁니까?"

퍽-!

방심이었다. 미처 의지를 따르지 않는 오른발이 사 조 조장을 날려 버렸다.

담벼락에 처박혀 늘어진 사 조 조장에게서 애써 시선을 돌리며 말을 이었다.

"이번 작전의 요지는 이권 확보다."

"이… 권이요?"

고개를 갸웃거리는 일곱 조장들에게 조금은 이해하기 쉽

게 설명을 이었다.

"오늘의 목표는 돈이다. 먹고살고 빚도 갚자면 돈이 필요하니까."

"그럼 약탈입니까?"

퍽-!

이번엔 알면서도 내버려 둔 부분이 없지 않았다.

그렇게 장원의 경비를 네 개조로 늘린 채 긴장하는 여섯 조장에게 설명을 이어 나갔다.

"약탈… 해 오면 흐음… 죽는다!"

아무리 고심해도 이보다 나은 표현을 찾을 수 없었다. 한림원 학사까지 지낸 기억을 가지고 있으면서도 이런 단어 선택이라니……. 얕은 학식의 바닥을 보는 듯해서 슬펐다.

가슴속 저 밑바닥에서 키득대는 기분 나쁜 웃음소리에 관심을 둘 수 없을 정도로…….

바짝 굳어지는 조장들을 보며 말했다.

"이권을 챙기라는 소리다. 보호세, 기부도 상관없다. 일할만 받는다. 대신 애꿎은 양민이 다쳤다는 소리가 들리면……."

마땅한 단어를 찾지 못해서 뒷말을 흐렸건만 오히려 그게 조장들의 긴장도를 더 높인 모양이다.

저마다 목울대를 타고 마른침 넘어가는 소리가 천둥처럼 들려왔다.

"기한은 사흘. 제일 늦게 돌아오는 놈은… 죽는다."

다시 한 번 바닥이 드러난 학식에 좌절하는 사이 여섯 조장은 순식간에 사라졌다.

그들은 이제부터 시간과도 싸워야 했으니까.

제4장

주도권(主導權) 싸움이 시작되다

생검사도

 한창 정세 보고서를 읽고 있던 진천명의 눈매가 가늘어졌다.
"마교가 세력을 확장한다?"
"예, 주천 인근의 사파가 모조리 적하장에 귀속되고 있답니다."
 흔히 강호는 백도, 마도, 그리고 사파로 구분한다.
 백도는 구파일방, 오대세가를 중심으로 이십오 개의 중문(中門)과 이백서른여덟 개에 달하는 소문(小門)의 연합체다.
 마찬가지로 사파는 광동의 사황성(邪皇城)을 중심으로 녹림과 수로맹, 그리고 이백 개가 넘는 중소 문파의 연합체다.

그러나 마도는 달랑 마교 하나다.

까마득한 과거에는 강호에 정파와 사파만이 존재했다.

하지만 일천 년 전, 마교가 튀어나오면서 마도가 생겼다.

그리고 그때부터 정파가 백도라 불리기 시작했다. 그게 백도가 마도를 체질적으로 싫어하는 근본적인 이유다.

정파! 왠지 무얼 해도 정당해 보이던 그 이름이 기껏 백도라 불리게 된 원인이기에.

각설하고, 마교 놈들은 독불장군이다. 본능적으로 다른 놈들하고 섞이질 않는다.

그런 놈들이 사파를 귀속시켜?

"확실한 정보인가?"

진천명의 물음에 군사, 제갈향이 고개를 조아렸다.

"비영당(秘影黨)의 공식 보고입니다."

비영당은 개방이 맡고 있는 백도맹의 정보 단체다.

그런 곳에서 구파일방과 오대세가에 실시간으로 전파되는 공식 보고서를 낼 정도라면…….

"확증이 있다는 소리로군."

"예, 대표적인 증거가 기련채의 귀속입니다."

"기련채면…….."

"맹주님도 아시겠지만 녹림십팔채의 하나입니다. 엎어지면 코 닿을 거리인 주천에 적하장이 들어설 때도 옮겨 갈 것이란 세간의 예상을 깨고 버틴 놈들이죠."
"그들이 적하장에 귀속되었다?"
"예, 물론 완전히 예하로 들어간 것은 아닙니다만 다달이 상납한다는 것은 확인이 되었습니다."
"상… 납?"
"예, 수익의 일 할을 상납한답니다."
타인의 재물을 빼앗는 산적 놈들이 다시 그 돈의 일부를 빼앗긴다?
태생적으로 그런 일을 용납할 녹림이 아니다.
"녹림총채의 반응은?"
"총채주가 북상 중입니다."
혁련소.
가로막는 모든 걸 도끼로 쪼개 버린다 해서 부절(剖折)로 불리는 작자다.
정식 별호는 광록철부(狂綠鐵斧).
성품은 지랄 맞고, 참을성은 병아리 눈물만큼도 안 되며, 팔 척에 달하는 거구와 무식한 근육들을 자랑하는 놈이다.
그렇다고 외공을 익힌 놈도 아니다.
자그마치 육 갑자의 내공을 보유한 내가고수다. 그것도 십대고수!
그가 근육을 키우는 것에 투자한 시간을 내공 연마에 쏟았다면 사파 제일인의 자리가 바뀌었을 거란 소리를 듣는 인사다.

"사황성에선 안 말리고?"

"비영당의 보고로는 야혼살검(夜魂殺劍)이 움직였답니다."

광록철부와 야혼살검.

산적과 자객이란 우스운 조합이지만 이 둘은 꽤나 친한 사이다.

실제로 녹림이 사황성의 결정에 절대적인 지지를 보내는 것이 바로 야혼살검이 사황성의 부성주인 까닭이다.

마찬가지로 야혼살검이 녹림의 이익을 지키기 위해 사황성주와 삿대질까지 하며 싸우는 이유도 광록철부와의 우정 때문이고.

"야혼살검이면… 설득을 위한 건가? 아니면……?"

"아무리 십대고수라지만 둘이서 달려든다고 어찌할 수 있는 인사가 아니죠, 적하마도는."

"그럼 역시……."

"예, 어떻게든 말리라는 사황성주의 특명이 있었다는 첩보입니다."

답하는 제갈향을 진천명이 지그시 바라보았다.

"겨우 이걸 말하자고 이렇게 많은 자료를 준비한 것은 아닐 테고……. 뭔가?"

"맹주께오서 허락하신다면 군사전이 계책 하나를 내볼

까 합니다."

"어떤 계책인가?"

"야혼살겁을 방해해 볼까 합니다."

제갈향의 답에 진천명이 뺨을 긁적였다.

"광록철부의 도끼로 붉은 노을을 부술 수 있다고 생각하는 겐가?"

"설마요."

"하면?"

"그저 녹림, 나아가 사황성과 마교 간의 틈을 좀 벌려 보자는 잔꾀일 뿐입니다."

"원래 마교와 사황성은 그다지 사이가 좋은 이들은 아닐 세만."

"그렇다고 칼 들고 달려들 사이도 아니었지요."

많은 의미가 담긴 제갈향의 말에 진천명의 표정에 걱정이 담겼다.

"어부지리를 노리는 모양이로군."

"어부지리까진 아니어도 강호의 세력 판도를 우리 쪽으로 조금 더 유리하게 가져갈 수 있지 않을까 싶습니다."

"확신은 있나?"

"불가능하다는 생각은 들지 않습니다."

자칫 내친김에 달려 본다고, 확전이 되면 백사대전(白邪大戰)이 터질 수도 있다. 이럴 경우 어부지리는 백도가 아니라 마도가 취할 가능성도 있었다.

"나 혼자 결정할 수 있는 일은 아닌 듯하네만."

"맹주님의 결정만 서면 장로회의 결정은 제가 받아 보겠습니다."

그 말을 하는 군사의 눈엔 자신감이 아니라 확신이 들어 있었다. 그것이 무엇을 의미하는지 알고 있는 진천명이 헛헛한 미소로 고개를 끄덕였다.

"군사가 그렇게까지 이야기한다면… 뜻대로 해 보게."

"감사합니다, 맹주님."

자신들의 계책을 실행할 수 있음에 들떠 포권을 취하는 제갈향을 진천명은 물끄러미 내려다보았다.

군사는, 아니 군사의 뒤에 있는 구파일방과 오대세가는 아직 적하마도, 그 빌어먹을 애송이 자식의 무서움을 제대로 모른다.

그렇기에 그냥 두는 것이다. 어쩌면 이번이 그걸 아는 계기가 될 수도 있기에…….

돈을 치르고 찾아온 열여덟 냥짜리 차용증을 찢어 버렸다. 애초의 생각과는 달랐지만 이권 확보는 확실히 되었다.

뭐, 상인이나 인근 사파나 그게 그거라는 근거 없는 생각에 동의했다.

어쨌건 양민에게 직접적인 피해를 끼치진 않았으니까.

근데 이렇게 편하게 생각해도 되는 걸까?

"저… 소교주님."

생각을 접고 시선을 이환에게 돌렸다.

"왜?"

"밀야각에서 광록철부가 북상 중이라는 보고가 있었습니다."

"광록철부?"

물음과 함께 기억이 튀어 올라왔다.

"아! 그놈이 왜?"

"아마도 기련채의 일로……."

피식-

웃음이 튀어나왔다. 그리고 '그까짓 게'란 생각이 머릿속을 굴러다녔다.

문제는 근원을 알 수 없는 불안감이었다.

"예전처럼 직접 맞으시겠습니까?"

"그러지. 이번엔 아예 대가리를 박살 내 주겠어."

말을 내뱉고서야 불안감이 실체를 드러냈다. 그러니까 싸움을 해야 한다는 거다.

자신이, 아직 한림원 학사 출신의 서원주인지, 마교의 소교주인지 확실하지 않은 자신이.

'이런 빌어먹을!'
"그럼 그리 알고 준비해 두겠습니다."
"준비는 무슨, 오면 알리기나 해."
통제를 벗어나 마음대로 지껄이는 입이 저주스러웠다.
"예, 소교주님."
복명하고 나가는 이환을 부르지 못했다.
'하아~'
이 근거 없는 자신감과 함께 휘몰아치는 불안감이 혼란스러웠다.

주천이 가까워질수록 광록철부의 북상 속도가 줄어들었다. 지금쯤이면 예상대로 야혼살검이 부리나케 달려와 자신을 만류해야 했다.
하지만 야혼살검은 그림자도 보이지 않았고, 주천은 코앞으로 다가왔다.
이러다가 그 빌어먹을 종자하고 마주치기라도 하는 날엔……
생각만으로도 솜털이 일어서고 뒷목이 서늘했다.
놈과 마주쳤던 과거의 일만 회상하면 벌어지는 현상이다.
하긴 그땐 정말 죽는 줄 알았으니까. 얼마나 혹독하게 당했던지 그 미친놈의 살기 어린 눈빛은 삼 년이 지난 지금까지도 가끔 악몽 속에 등장하곤 한다.

그런데 왜 북상했냐고?

산적은 깡이다. 깡이 없는 산적은 시체나 다름없다. 시체에게 충성하는 사람이 있을 리 없다.

그러니 이런 시늉이라도 하는 수밖에 없었던 것이다.

그렇다고 완전히 막무가내는 아니었다. 적어도 계산이라는 게 깔려 있었으니까.

더구나 그 계산을 알아서 실행시켜 줄 야혼살검이라는 믿을 만한 친구도 있었고.

한데 그 믿을 만한 친구가 배신을 때렸다.

"이 빌어먹을 자식은 왜 안 오는 거야?"

주천을 오십 리 앞두고 벌써 하루 반나절째 주저앉아 있는 광록철부의 독백이었다.

야혼살검은 고심했다.

'저것들을 쓸어 버리고 돌파해?'

하지만 이내 고개를 저었다. 그랬다간 대번에 사백대전(邪白大戰)이 터진다는 걸 알길 때문이다.

이번에도 길목을 막아서고 있는 청성의 도인들을 피해 크게 우회했다.

이런 일이 벌써 여러 번이다.

무당의 도사들, 아미의 사태들, 당가의 고수들, 그리고 백도의 크고 작은 문파의 무사 집단들까지.

왜 이 지랄인지도 안다.

자신의 발길을 붙잡아 광록철부와 놈의 충돌을 야기하려는 술책이다.

알면서도 어쩔 수 없다. 여기서 자신이 길목을 가로막은 이들과 부딪쳤다간 정말 사백대전이 벌어질 테니까.

그리고 한 가지 희망도 있었다.

적하마도는 이전에도 광록철부를 살려 주었다. 그건 이번에도 살려 줄 가능성이 있다는 뜻이었다.

이환의 보고에 고개를 들었다.
"오십 리 앞에서 움직이지 않는다고?"
"예."
고마운 놈이란 생각이 절로 들었다. 한데…
벌떡.
"그럼 내가 가지."
요사이 생각한다. 이 몸을 장악하고 있는 게 정말 누구일까?
적하장을 벗어나는 적하마도의 뒤를 기철이 따랐다.
'고마운 놈.'
"뭐냐?"

"호위를……."
"네가 나를, 아니면 내가 너를?"
"죄, 죄송합니다."
고개를 숙이는 기철을 두고 그대로 걸었다. 기철은 깊숙이 고개를 숙인 채 따라오지 않았다.
'줏대 없는 자식!'
정문 앞에 매어 둔 말 하나에 올라타 고삐를 잡았다.
"이랴."
말을 타고 달려가는 소교주를 보며 기철이 고개를 갸웃거렸다.
바람도 울고 갈 빠르기의 경공을 두고 웬 말?
기철의 의문을 달고 적하마도의 모습이 멀어져 갔다.

말을 타고 나타난 상대를 보고 광록철부는 당황했다.
"저, 적하마도!"
"이 새……."
욕설을 퍼부으려는 입과 칼부터 뽑아 가려는 손을 가까스로 붙잡았다.
"오랜만."
그 말을 남겨 두고 자신이 피워 둔 모닥불 앞에 앉는 적하마도를 광록철부는 불안한 눈으로 바라보았다.
"앉아."

"괘, 괜찮습……."

 새파랗게 살기로 뒤덮인 눈과 마주친 순간 광록철부는 숨이 막히고 혀에서 힘이 풀렸다.

"목 아파."

"아! 예……."

 절로 존대가 새어 나오는 자신의 입을 광록철부는 꿰매고 싶었다.

"돈 궁해?"

"저요?"

"그래."

"아, 아닌데요."

"한데 왜 예까지 와서 지랄이야?"

 지랄! 제 놈 아비뻘인 사람에게 지랄! 이 쌍!

"그, 그냥… 여, 여행 삼아……."

 광록철부의 가슴과 입이 따로 놀았다. 그런 광록철부에게 적하마도가 곧바로 본론을 꺼내 들었다.

"기련채의 일이라면……."

 상대에게 시간을 주면 잡아먹힌다. 적하마도는 그 정도의 독심을 가지고 있다. 예서 기분이 틀어지면 일 할이 아니라 기련채가 통째로 날아간다.

 아니, 자신조차도 명년 오늘이 제삿날이 될 공산이 높았다.

그러니…….
"아, 앞으로 이, 이 할을……."
"……."
아무 말 않고 자신을 바라보는 적하마도의 시선이 권태롭다.
'성에 안 찬다는 것이겠지… 빌어먹을!'
"사, 삼 할! 아니, 사 할을 보내라고 하겠습니다."
그렇다는데 실랑이를 벌일 생각은 없다.
싸움?
간혹 자신도 모르게 튀어나오는 능력은 철저하게 자신과 상관없이 벌어지는 일이다. 그게 싸움에서까지 지속되리라곤 믿을 수 없었다.
그리고… 싸움은 미련한 것들이나 일삼는 헛짓거리에 지나지 않는다는 생각이 머리 한편을 떠나지 않았다.
물론 헛소리라는 외침이 끊임없이 울려 나왔지만…….
"그래? 그럼 그리 알고 돌아가마."
두말없이 일어서 돌아서는 적하마도의 뒤통수가 광록철부의 시야에 들어왔다.
저기다 도끼를 후려갈기면… 위험한 욕망이 구름처럼 일어섰다.
'비열? 개나 주라고 해!'
결정이 섰지만 지난날의 기억을 품은 다리는 후들거렸고,

주도권(主導權) 싸움이 시작되다 • 95

팔은 천근처럼 무거웠다.

'이익!'

이를 악물고 혀를 깨물었다. 비로소 다리가, 그리고 팔이 움직였다.

쐐애애애액-

섬뜩한 음향에 적하마도가 고개를 돌리자 무섭게 다가오는 도끼가 보였다.

막아야 하는데 새하얗게 변해 버린 머리는 아무것도 떠오르지 않았다.

그렇게 비명을 지르는 본능을 누르고 무언가가 불쑥 튀어 올라왔다.

그리고…

우지끈… 퍼걱!

아름드리나무 대여섯 그루를 부러트린 광록철부가 형편없는 몰골로 처박혔다.

반쯤 들어 올렸던 다리를 내려놓고 천천히 널브러진 광록철부에게 다가섰다.

이런 놈은 숨통을 끊어 놓는 것이 좋다. 삭초제근이라, 화가 될 놈은 뿌리째 뽑아 버리는 게 상책이다.

'가만, 언제부터 이렇게 문자가…….'

놈이다. 언제부터인가 들어와 제 몸인 양 활개 치는 놈!

다리를 광록철부의 목에 올려놓고 힘을…….

'이 빌어먹을 놈이!'
다리에 못이라도 박아 놓은 듯 움직여지지가 않았다.

 자신의 두 배는 됨직한 것을 둘러메고 들어서는 적하마도를 이환과 기철을 비롯한 적하장의 무인들이 어리둥절한 표정으로 바라보았다.
 쿵!
 근처의 전각이 흔들릴 정도의 진동을 주며 내팽개쳐진 것을 바라보던 기철의 눈이 커졌다.
 "과, 광록철부!"
 "그 새끼 목 좀 잘라 봐."
 "예?"
 당황하는 기철에게 적하마도가 못마땅한 음성으로 명했다.
 "예는 뭐가 예야? 목을 잘라 버리라니까!"
 엉겁결에 칼을 뽑아 든 기철이 자꾸 미적거리며 적하마도의 눈치를 봤다.
 "뭐해, 자르라니까!"
 "그, 그게……."
 기철도 미치겠는 건 말은 자르라면서 정작 목을 자르면

가만두지 않겠다는 의지가 적하마도의 눈빛에서 콸콸 쏟아지고 있다는 것이었다.

더구나 그간 적하마도가, 소교주가 보여 주었던 행보가 마음에 걸렸다.

그것에 기인하면 여기서 칼을 휘둘렀다간 기철, 자신도 골로 갈 확률이 높았다.

고로 지금은…….

'시험!'

판단을 내린 기철의 손이 힘없이 내려왔다.

"뭐 해?"

"저기… 요새 하도 운동을 많이 했더니 팔에 근육통이 생겨서… 송구합니다."

소교주의 명에 변명을 달았다. 예전이라면 꿈에서도 생각지 못할 일이다.

하지만 지금은 가능하다. 어제까지, 아니 좀 전에 적하장을 나서기 전까지도 소교주는 언제나 생각하는 수하를 요구했었으니까.

"뭐? 이런 개새……."

뒷말이 입안에서만 맴돌았다. 누구 때문인지 대번에 짐작이 갔다.

'이런 쌍!'

"이환!"

"예, 소교주!"

"네가 잘라."

"예?"

"네가 자르라고!"

적하마도의 명에 이환의 얼굴에 갈등과 당황이 뒤엉켰다.

하지만 그것도 잠시, 이환은 명을 따르는 대신 곧바로 엎어져 머리를 바닥에 처박는 걸 택했다.

"죽여 주십시오, 소교주!"

인상을 찌푸린 적하마도의 시선이 이환을 떠나 주변에 있던 적도대 무사들에게 향했다.

퍼버버벅.

"죽여 주십시오, 소교주!"

눈에 보이는 적도대원 모두가 이환처럼 엎어져 머리를 처박았다.

그 탓에 명은 내려 보지도 못했다.

울화가 치솟고, 짜증이 폭발했다.

어정쩡하게 들고 있는 기철의 칼을 빼앗아 치켜들었지만 역시 광록철부의 목은 내려치지 못했다.

"빌어먹을!"

쨍그랑.

칼을 집어 던지고 내원으로 들어가는 적하마도를 바라보는 이들의 얼굴에 역시라는 표정과 안도의 눈빛이 들어섰다.

 방으로 들어선 적하마도의 표정은 야차처럼 일그러져 있었다.
 할 수만 있다면 윗머리를 도려내고 머릿속을 뒤적거려 놈을 끄집어내고 싶었다.
 자신의 몸을 자신 마음대로 쓸 수 없다는 분노가 불길처럼 일어섰다.
 한데 그러다 놓치고 있던 것이 떠올랐다.
 "가만! 지금은 내가 움직인다!"
 완벽히는 아니었지만 어쨌거나 자신의 의지대로 움직인다. 의식 저편에 묻혀 놈의 뜻대로 움직이는 몸을, 주변 상황을 보면서 가슴을 치던 때에 비하면 지금은…….
 '천국이다!'
 한데 언제 어떻게?
 "아!"
 광록철부의 기습이었다.
 본능이 위험을 감지하는 순간, 미적거리는 놈의 의지를 내리누르고 자신이 튀어 오른 것이다.
 이유를 알자 적하마도의 눈이 빛났다.
 처음이 중요하다.
 자신이 우선권을 쥐었다면 놈을 몰아내는 것도, 아니 적어도 놈의 의지와 상관없이 자신이 완벽하게 몸을 지배하는 것도 결국은 가능해질 것이다.

불가능?

그런 건 존재하지 않는다.

노력 앞에 불가능이란 헛된 이름일 뿐이니까.

지금까지의 삶이 그것을 증명해 보였다. 그러니 이번에도 가능할 것이란 확신이 들었다.

생각이 정리되고 계획이 서자 적하마도의 입가로 만족한 미소가 깃들었다.

마음이 풀어져서인지 몸이 나른했다. 이렇게 풀어진 느낌은 오랜만이었다.

그 탓이었다. 반드시 자야 할 때가 아니면 눕지 않는 침상에 몸을 실은 것은…….

모처럼 달콤한 졸음이 몰려왔다.

제5장

이름과 명예

 광록철부가 정신을 차린 것은 해가 완전히 진 저녁나절이었다.
 "욱!"
 정신이 들자마자 구토부터 올라왔다.
 내장이 모조리 자리를 벗어난 듯한 고통이 밀려온 까닭이다.
 하지만 아무것도 내뱉지 못했다. 심지어 고함 소리조차도…….
 입안을 가득 메운 이질감. 재갈이다.
 '어떤 빌어먹을 개새…….'
 생각이 끊어졌다. 자신이 기억을 잃기 전에 본 장면이 떠오른 까닭이다.

'적하마도!'

상대를 알자 등에서 식은땀부터 흘렀다.

사람 목줄 따길 파리 잡는 것처럼 아는 자식이 자신을 살려 뒀다.

이런 경우 벌어질 일은 너무나 빤했다.

질문을 빙자한 폭력… 바로 고문이다. 그것도 완벽하게 순수한 폭력이 동원된.

삼 년 전에 당해 본 일을 다시 당해야 한다면… 차라리 혀 깨물고 죽는 게 낫다.

판단이 서자 광록철부는 혀와 입을 재빨리 놀렸다.

이제부턴 시간이 적이었다. 누군가 들어서기 전에 재갈을 먹어 치우자면…….

일각, 일각이 한 시진처럼 흘렀다.

그사이 혀를 굴려 재갈을 목구멍 안으로 차곡차곡 밀어넣었다.

이제 삼키기만 하면 되는데….

'커헉-!'

목구멍 안으로 밀려들어 간 재갈이… 기도를 막았다.

'수, 숨이 막혀 온다. 이런 쌍!'

혀를 물고 한 방에 가고 싶었지 이렇게 한참 동안 캑캑대다가 혀를 빼물고 죽기는 싫었다.

그리고 막상 죽음을 코앞에 두자 억울했다.

'사, 살려 주세요!'

어디를 어떻게 묶어 놨는지 혈도를 짚어 놓은 게 아님에도 몸을 옴짝달싹할 수 없었다.

그 상황에서 광록철부는 몸부림을 쳤다.

제발 살려 달라고.

그때였다.

덜컥-

문이 열리고 빛이 들어왔다.

'살았다!'

환희가 끓어올랐다. 한데… 달빛 아래로 얼굴 하나가 드러났다.

적. 하. 마. 도!

'죽여 주세요!'

빨리 죽기 위해 일부러 숨을 참는 광록철부를 내려다보며 적하마도가 물었다.

"뭐 하나?"

답은 없고 얼굴이 시뻘겋다 못해 파랗게 죽어 가는 광록철부를 내려다보던 적하마도의 손이 움직였다.

투덕.

"푸헉-!"

목을 막고 있던 재갈이 빠져나가고 숨통이 트였다. 그길로 바람이, 공기가 밀어닥쳤다.
"허억, 허억!"
 밭은 숨을 내쉬는 광록철부를 바라보던 적하마도가 혀를 찼다.
"쯧, 사람을 이리 험하게 다뤄서야. 어찌 대장부라 할까."
 그 말이 끝나기 무섭게 적하마도의 뒤를 따라 들어선 기철과 이환이 달려들어 광록철부를 묶고 있던 만년교삭(萬年蛟索)을 풀었다.
 풀려 나간 만년교삭을 바라보며 비로소 왜 혈도를 제압당한 것도 아닌 자신이 옴짝달싹 못했는지 이해한 광록철부였다.
 아니, 문제는 그게 아니지.
 혀를 물려고 턱을 움직이는 순간, 마주쳤다.
 파랗다 못해 하얗게 타오르고 있는 적하마도의 눈빛과.
'물기만 해 봐! 갈기갈기 찢어 죽여 주겠어!'
 벌어졌던 턱은 그대로 멈춰 버렸다. 그걸 다물 용기가 흩어졌다. 여기서 결행하면 아무래도 죽는 것도 편할 것 같지 않았기 때문이다.
"일단 응접실로."
 그 말을 던져 두고 적하마도가 돌아서자 기철과 이환이 광록철부를 일으켜 세워 그 뒤를 따랐다.

광록철부는 탁자를 가운데 두고 적하마도와 마주 앉았다.
타 버릴 것 같은 눈빛에 차마 똑바로 쳐다보지 못하는 광록철부에게 적하마도가 물었다.
"왜 그랬어?"
"뭐, 뭘 말씀하시는지……?"
"뒤통수."
"아! 그, 그게……."
답할 말이 없었다.
사실대로 뒤통수를 부숴 버리고 싶었다고 말하면 자신을 자근자근 부숴 버릴 테니까.
그래서 잘 돌아가지도 않는 머리를 마구 굴렸다.
"파, 파리를 쫓아 드리려고 했습니다."
"파리?"
"예, 뒤통수 쪽에 파리가……."
말하면서도 이건 아니다 싶었다.
뒤통수에 파리 앉았다고 도끼로 까는 놈은 세상에 없을 테니까.
한데…….
"역시… 뭔가 이유가 있을 거라고 생각했어."
적하마도의 말에 기철과 이환의 눈이 커졌다.
물론 광록철부는 눈이 튀어나올까 걱정일 정도가 되었고.
"미, 믿습니까?"

"믿지. 왜, 내가 안 믿어야 할 이유라도 있나?"

적하마도의 물음에 광록철부는 목이 부러질까 안쓰러울 정도로 머리를 내저었다.

"그럼 됐지 뭐가 문젠데?"

"무, 문제없습니다."

광록철부의 답에 적하마도가 물었다.

"손님에 대한 대접이 좀 험악했는데 불만 같은 거 있나?"

불만? 염라대왕 앞에서 살아 나가게 생겼는데 불만은 무슨……

"없습니다."

"그럼 가 봐."

"저, 정말입니까?"

"그래."

"그, 그냥 가라고요?"

"왜? 혹시 여기서 뭐, 할 일이라도 남았어?"

"아, 아닙니다."

벌떡 일어서는 광록철부에게 적하마도가 마치 잊고 있던 것이 생각났다는 듯이 물었다.

"아 참! 약속은 지킬 거지?"

약속? 아!

"그, 그럼요. 사 할, 확실하게 지키겠습니다."

"뭐, 소득이 줄었다며 보호세가 점점 줄어든다거나 애들이 이사 간다거나 그런 뻔한 핑계는 안 대겠지?"
"…서, 설마요."
"이놈의 세상이 그래. 설마가 사람 잡는 법이거든. 그러니 만사 확실히 해 둬야 할 필요가 있다는 거지. 그래서 마지막으로 묻는데, 그런 일 없는 거 확실한 거지?"

그랬다간 갈기갈기 찢어 죽이겠다는 의지가 마구 뿜어져 나오는 눈빛으로 물으니 답은 하나밖에 없다.

"그, 그러믄입쇼."
"그래, 가 봐."
"만수무강하십쇼."

이마가 땅에 닿을까 걱정일 정도로 허리를 접은 광록철부가 부리나케 방을 나갔다.

그가 별다른 마찰 없이 장원을 나가게 해 줘야 할 이환이 뒤를 따라 나서자 기철이 적하마도에게 다가섰다.

"저기… 그냥 저리 보내도 되는 겁니까?"
"그럼 너도 누구처럼 목 잘랐으면 좋겠냐?"
"그, 그야… 송구합니다, 소교주님."

물러서는 기철에게서 시선을 돌린 적하마도의 입가에 미소가 깃들었다.

방으로 돌아온 적하마도는 동경을 잡아당겼다.
짙은 눈썹, 오뚝한 콧날, 다부진 턱선. 누가 봐도 잘난 얼굴이다.

하지만 이 얼굴이 자신의 가족을, 그리고 자신을 죽인 놈의 얼굴이다.

어제부로 확실해졌다.

자신이 놈의 칼을 맞고 죽은 서원주다.

지금 의식 저편에 묻혀 고래고래 소리를 질러 대는 놈이 바로 이 얼굴의 주인이고.

짝-!

통렬한 고통이 머릿속을 휘젓는다.

'빌어먹을!'

놈은 고통을 못 느낀다.

의식을 차지한 이가 고통을 모조리 가져가기에. 그걸 알면서도 도저히 그냥 두고 볼 수가 없다.

짝-!

머릿속은 고통으로 윙윙거리고 뺨은 시뻘겋게 부어올랐다.

"개자식!"

놈에게 배운 욕을 놈에게 돌려줬다. 그래도 통렬함은 없다.

보름 정도의 시간은 놈과 자신의 경계를 허물었다.

정신이 육체를 지배한다지만 육체에 정신이 예속되는 상황이 벌어진다는 건… 미처 알지 못했다.

그래서 죽이고 싶어도 그럴 수가 없었다.

놈이 필사적으로 막아서기 때문이기도 했지만 몸이 그것을 방해했다.

그리고… 빌어먹게도 그걸 내 영혼이 수긍한다.

내 의지와 놈의 영혼이 마구 뒤엉켜 버렸다. 시간이 갈수록 더 심화될 것이란 것도 비로소 깨달았다.

"하아~"

깊은 한숨만큼 머릿속이 엉망이었다.

솔직히 스스로 죽을 수 없다면 그 자식이 목숨처럼 여기는 마교를 엉망진창으로 만들어 주고 싶었다.

하지만 그럴 수도 없었다. 놈의 맹목적인 믿음이 내 복수의 일념을 무너트렸다.

어떻게 그럴 수 있는지 아직도 이해할 수가 없다.

아내와 딸, 거기다 내 목숨까지 빼앗아 간 원한을 어떻게 그렇게 쉽게 무너트렸는지…….

그래서 알아보려 한다. 무엇이, 어떻게 그럴 수 있게 만들었는지.

그리고 또 하나! 위험한 일에 맞닥트리지 말아야 한다. 놈이 튀어나올 테니까.

놈이 방심한 채 잠들지만 않았다면 놈의 의식에 잡아먹혔을지도 몰랐다.

◈ ◈ ◈

흘사는 보고서를 들고 고민에 휩싸였다.

그런 흘사에게 부막주가 조심스럽게 말을 건넸다.

"왜 고민을 하시는지……?"

"이 자식들이 거쳐 가는 지역을 잘 봐 봐. 고민 안 하게 생겼는지."

말과 함께 흘사가 내미는 밀정들의 보고서를 부막주가 들여다봤다.

"고랑으로 들어서서 무위를 거쳐 금창으로 빠지는군요."

"그래."

"한데… 뭐가 문제라는 것이온지…?"

"무위."

"무위… 설마 무위도문(武威刀門)을 걱정하시는 겁니까?"

"어째 걱정 없다는 듯이 들린다만?"

"당연한 거 아닙니까? 이름만 문파지 이거 문파 축에도 못 드는 곳입니다. 사황성에 이름을 올려 두었다지만 그저 무관에 지나지 않는 곳이라는 걸 문주님도 아시지 않습니까?"

부막주의 말에 흘사가 불만스런 표정으로 말을 이었다.

"알지. 한데 그놈들이 지난달부터 적하장에 상납한다잖냐."

"저, 적… 하장에요?"

"그래."

홀사의 답에 잠시 갈등하던 부막주가 고개를 내저었다.

"그래야 별거 있겠습니까? 마교 새끼들이 상납받았다고 누구 도와줬다는 소린 못 들었습니다."

"그야 그렇지만……."

"그리고 말이 상납이지 그 새끼들 평소 하던 짓을 생각하면 강탈 아니겠습니까?"

틀린 말은 아니었다. 그게 홀사의 불안감을 덜었다.

"하긴 그 새끼들이 누굴 돕고 그럴 인간들은 아니지?"

"전혀요."

"그럼… 실행한다."

"당연한 말입죠. 공동과 적하장의 경계를 지나가는 상단입니다. 이런 놈들을 놓치면 두고두고 후회한다고요."

"부막주의 말이 맞아. 자- 탈탈 털어 보자고!"

그렇게 십륜막(十輪幕)의 출행이 결정되었다.

사천 제일상인 금당상회의 상행은 오십에 달하는 수레가 동원된 대단위 규모였다.

그들이 운반하는 것은 약재와 무기류로, 수취인은 북으로 내몰린 달단의 한 군벌이었다.

당연히 관부가 알게 되면 죽음을 면치 못할 밀무역이었

다. 위험도가 높은 만큼 거래 금원은 어마어마했다.

그걸 지키기 위해 금당상회는 오십 명에 달하는 무사를 동원해 상행을 호위했다.

경로도 신경을 바짝 썼다.

공동의 권역에서 비켜난, 있으나 마나 한 무문의 권역을 골라 길목으로 삼았다.

"이제부터 사황성의 권역입니다."

호위 무사들의 지휘를 맡은 철평의 말에 상행을 맡은 부상단주가 불안한 얼굴로 물었다.

"문제가 생기진 않겠나?"

"사황성의 권역이라고는 하나 유명무실한 권역입니다."

"출발하기 전에 이야기는 들었네. 이곳을 맡고 있는 이들이 작은 무관에 불과하다고?"

"예. 무위도문이라고, 이름만 거창한 이들입니다. 신경 쓰지 않으셔도 됩니다."

"하나 무인 집단인 건 변함이 없지. 거기다 배후가 사황성이고 보면 괜한 욕심을 낼 수도 있지 않겠나?"

"그것도 감안해서 호위단을 꾸렸습니다."

"그 말은……?"

"도발해 오면 무위도문은 멸문을 면치 못할 겁니다."

철평의 단언에 비로소 부상단주의 얼굴에 안도감이 들어섰다.

"상단주께서 크게 기대하시는 거래일세. 성공하면 나는 물론이고 자네에게도 좋은 일이 될 걸세."

"유념하고 있습니다."

철평의 답에 부상단주가 고개를 끄덕였다.

"그럼, 난 자네만 믿네."

"예, 맡겨 주십시오."

그렇게 금당상회의 상행이 천천히 고랑을 벗어나 무위로 접어들고 있었다.

한편 무위도문에서는 난상 토론이 벌어지고 있었다.

"이것은 묵과할 수 없는 일입니다. 자그마치 오십이 넘는 무인들이 우리의 권역으로 들어서며 아무런 양해도 구하지 않았습니다."

분노에 떠는 대제자의 지적에 문주가 고개를 저었다.

"상행이다. 이익에 민감한 이들이니 피해 가고자 했을 수도 있다."

"하나 사부님."

"안다, 무슨 이야기를 하고 싶은지. 하지만 때론 그냥 지나쳐 가야 할 때도 있음이야."

솔직히 사부의 걱정 많은 성격이 대제자인 설치는 언제나 불만스러웠다.

백도 성향인 무위도문이 사황성 아래로 들어간 것도, 사부의 걱정이 한몫 단단히 했었다.

마교의 중원 분타인 적하장의 영역에 걸쳐 있다며 백도맹이 자신들의 가입을 머뭇거릴 때 장액에 있는 거랑파(巨郞派)와 분쟁이 생겼던 것이다.

사부는 백도맹만 바라보다간 정작 외부의 도움이 필요할 때 아무 곳에서도 도움을 받을 수 없는 상황에 처할 수 있다는 걱정 때문에 사황성에 투신해 버렸다.

그 결과 백도 성향인 무위도문이 사파로 분류되고 제자들이 난데없이 사도인으로 불리는 상황에 처했지만 제자들은 그런 사부를 끝까지 믿고 따랐다.

적하장의 상납 요구에 두말없이 응할 때도 제자 전체가 거세게 반대를 했지만 사부가 결정을 내린 연후엔 그걸 입에 담은 적이 없다.

지난 일들의 여파로 최근엔 무위에서조차 무위도문이 아니라 무위무관이라 불린다. 사람들은 자신들을 무문이 아니라 무관으로 보는 것이다.

그것도 자존심도 없고, 기백도 없는 그저 그런……

오죽하면 요샌 동네 흑도까지도 새로운 관원은 안 받냐며 찾아오는 실정이었다.

여기서 조금만 더 나가면 자신들은 강호에 이름을 내밀 수조차 없게 된다.

그러니 이번엔 아니다. 이번엔 어떤 피해가 나더라도 반드시 기백을 보이고 자존심을 지켜야만 했다.

사형제들의 눈빛이 설치에게 모여들고, 그 눈빛에 설치가 나섰다.

"사부, 저희가 해결해 보겠습니다."

다른 때와 달리 자신의 의견을 굽히지 않는 설치를 힐끗 바라본 문주가 고개를 저었다.

"상대는 오십이 넘는다 들었다. 거기다 책임자가 오위전검(五衛戰劍) 철평이라지. 그는 절정의 고수다."

그가 절정이라면 문주도 절정이다. 그러니 완벽히 밀리는 것도 아니었다. 그 생각이 말이 되어 나왔다.

"그들에게 오위전검이 있다면 우리에겐 사부가 있습니다. 수가 부족하다면 제자들이 목숨으로 채우겠습니다. 문파의 이름을… 자존심을 지켜 주십시오, 사부!"

설치의 부르짖음 같은 말을 이십여 명의 제자가 따라 했다.

"자존심을 지켜 주십시오, 사부!"

제자들의 호소에도 문주는 슬그머니 고개를 돌리는 것으로 거부의 뜻을 명확히 했다.

솔직히 문주도 나서고 싶었다.

그라고 귀가 없는 것도 아니고, 자신들이 어떤 평가를 받는지 모르는 것이 아니었으니까.

하지만 나설 수가 없었다. 제자들은 자신이 절정의 고수라 알고 있었지만 사실은 일류와 절정의 사이에서 방황하는 중이었다.

이런 상황에서 절정의 고수가 도전이라도 해 온다면······. 그래서 외부의 도움이 필요했다.

그것이 절정의 고수가 문주로 있는 거랑파가 시비를 걸어왔을 때 뒤도 안 돌아보고 사황성의 예하로 들어간 이유였다.

적하장의 요구야 자신이 절정이 아니라 초절정이라고 해도 거부할 수 없는 것이었고······.

지금은 그냥 놔두면 지나갈 상행이었다. 그런 그들을 굳이 찾아가 절정고수의 분노를 사고 싶은 마음은 없었던 것이다.

여하간 그런 문주의 행동에 제자들은 크게 실망했다.

그런 제자들을 두고 문주는 어두운 얼굴로 자신의 방으로 들어가 버렸다.

결국 제자들이 설치의 주위로 모여들었다.

"어찌하실 생각이십니까?"

"그냥 둘 수는 없어. 그럼 정말로 사부와 우리 모두 강호는 둘째치고 무위에서조차 얼굴을 들고 다니지 못할 거다."

"이미 보호세를 내지 못하겠다는 상가나 점포들이 생기고 있습니다. 이번엔 반드시 문파의 이름을 지켜야만 합니다."

한 사제의 말에 설치의 고개가 무겁게 끄덕여졌다.
"그래, 그러니 움직인다."
"하, 하지만 사부께서……."
"우리가 다칠까 걱정하시기 때문이다. 하니 우리가 나선다면 사부도 외면만 하실 수는 없을 거다."
"그… 럴까요?"
"사부를 의심하지 마라. 누구보다 용맹하시고, 강인하신 분이다!"

설치는 기억한다.

서른이 넘는 산적들을 홀로 맞아 무위를 지켜 내던 그 맹위를.

그 모습을 기억하는 한, 사부는 겁을 먹은 것이 아니라 걱정이 많을 뿐이다.

아직은 부족한 제자들이 그 와중에 상할까 노심초사하는…….

결국 그날 무위도문을 열다섯에 달하는 제자가 벗어났다.

사학자들 중 일부는 역사가 시간의 장난이 만들어 낸 우연의 연속이라고 말한다.

그 말처럼 시간의 장난이 만들어 낸 우연이 무위의 초입에서 벌어지고 있었다.

 무위도문의 제자 열다섯이 금당상회의 상행과 조우한 것은 무위의 초입에 해당하는 산길이었다.

 문제는 그들과 대화를 나누어야 하는 금당상회의 상행이 일단의 무사들에게 공격을 받고 있었다는 것이다.

 당황한 사제들을 둘러보던 설치는 결단을 내려야만 했다.

 "이곳이 무위도문의 영역인 이상… 도적들을 먼저 해결한다!"

 설치의 결정이 서자 이내 열넷의 사제가 칼을 꺼내 들었다. 그걸 확인한 설치의 명이 내려졌다.

 "가자!"

 "와아아아아!"

 그렇게 열넷 무위도문의 제자가 전역으로 뛰어들었다.

 실력은 물론, 수에서조차 밀리던 금당상회의 호위들에게 열네 명에 달하는 응원군은 천군만마나 다름이 없었다.

 더구나 합류한 이들은 자신들이 누구인지 너무나 명확하게 드러나 있었다.

 무복의 가슴팍에 무위도문이란 네 글자가 선명하게 수놓아져 있었기에.

 그래서 철평은 거리낌 없이 소리쳐 수하들의 기백을 살릴 수 있었다.

 "무위도문의 응원군이다! 힘을 내라!"

"와아아아아!"

 호응하는 수하들의 함성이 죽어 가던 그들의 기백을 살리고 있었다.

 반대로 십류막의 입장에선 다 된 밥에 재를 뿌린 격이다.

 자신들의 능력상 어떻게든 정리는 되겠지만 시간도 더 걸리고 막원들의 손실도 커질 테니까.

 결국 전역 밖에서 상황을 주시하던 흘사가 호위들을 데리고 싸움에 합류했다.

 곧바로 전역에서 초절정의 무위가 아낌없이 뿜어져 나왔다.

 무복 여기저기가 뜯기고, 찢긴 채 피범벅이 된 제자 하나가 무위도문으로 뛰어들었다.

 "사부! 사부!"

 제자의 애타는 부름에 방문을 열었던 무위도문의 문주와 몰려나온 제자들의 눈이 왕방울만 하게 커졌다.

 "무, 무슨 일이냐?"

 단박에 달려 나온 문주의 물음에 피투성이가 된 제자, 삼 명이 황급히 말을 이었다.

 "대사형과 사형들이 죽어 갑니다."

 "무, 무슨 소리야!"

 "무위의 초입에서… 적도들과 부딪쳐……."

더 이상의 설명은 이어지지 못했다.

부상을 입은 상태에서 얼마나 전력을 다해 달려왔는지 기력이 다한 삼명이 정신을 잃은 것이다.

"서둘러 삼명을 방으로 옮겨 보살피거라!"

그 말을 남긴 문주가 애도를 챙겨 들고 문을 뛰쳐나갔다. 그가 어디로 갔을지는 뻔했다.

남아 있던 제자들이 서로를 바라보더니 그들 중 가장 어린 제자를 남기고 저마다 칼을 들고 문주의 뒤를 따랐다.

결과만 놓고 말하자면 무위도문의 구원은 실패했다.

마찬가지로 금당상회의 상행도 실패했다.

그 싸움에서 자신들의 목표를 이룬 것은 물건을 챙겨 썰물같이 빠져나간 십륜막뿐이었다.

무위도문은 싸움에서 명운을 달리한 무인들의 주검과 환자로 가득 차 버렸다.

그리고 그런 주검들 속에 문주의 것이 섞여 있었다.

그 앞에 주저앉아 흐느껴 우는 설치는 한쪽 팔을 잃었다.

살아남은 무위도문의 제자는 모두 여섯, 개중 둘은 아직 혼수상태에서 깨어나지 못했고, 설치와 또 한 명의 제자는 마치 쌍둥이라도 되는 듯 오른팔을 잃었다.

그리고 나머지 둘… 상처를 입은 채 급보를 들고 달려왔던 제자와 그를 돌보기 위해 남겨졌던 막내 제자였다.

어느새 정신을 차리고 문턱에 앉아 마당을 채운 사부와 사형들의 시신을 바라보던 삼명이 슬그머니 일어나 문파를 벗어났다.

제6장

돈값

生劍死刀
생검사도

이환은 눈앞의 청년이 신기했다.
"그러니까 우리보고 도와달라?"
"예."
"왜, 우리가 도와야 하는데?"
"저흰 상납… 보호세를 냈습니다."
"그래서?"
"돈을 받으면… 보호의 의무가 생기는 것이 정도입니다."
 청년의 말에 이환이 피식 웃었다. 재미있기도 했지만 기특하기도 했다.
 용담호혈이라 불리는 적하장에 홀로 와서, 그것도 칼을 뽑으면 반드시 죽인다고 해서 사필귀도란 별호를 가진 자신을 앞에 두고서도 청년은 흔들림이 없었던 것이다.

그것이 장난기를 발동시켰다.

"정도? 우린 마도인데?"

"그, 그건……."

일순간 할 말을 찾지 못해 당황하는 청년에게 이환이 물었다.

"이름이 뭐냐?"

"삼명, 무위도문의 제자 삼명입니다."

잘 봐 줘야 이제 막 약관이나 되었을까? 나이에 비해 제법 의젓했다.

'하긴 젊기에 이런 호기도 부릴 수 있는 것이겠지.'

하지만 삼명이란 젊은 친구는 상대를 잘못 찾았다.

이곳은 총타조차도 한 수 접어 준다는 마교의 중원 분타, 적하장이다.

그리고 적하장의 주인은 마교의 소교주인 적하마도다.

하도 피를 많이 뿌려 대서 칼 주위가 마치 붉은 노을같이 보인다 해서 붙여진 이름이 적하마도다.

어떤 정신 나간 인사들의 말처럼 운치 있는 별호가 아니란 소리다.

그런 적하마도가 이 장면을 본다면?

두말도 필요가 없다. 삼명이란 이름의 이 기특한 청년은 목과 몸이 따로 분리되는 생애 최초이자 마지막 경험을 하게 될 테니까.

그러기 전에 내보내려 했다.

적어도 젊었을 때의 자신을 보는 것 같아 살려 주고 싶었기 때문이다.

한데…….

"뭐하는 새끼… 작자야?"

소리 소문 없이 나타난 적하마도의 물음에 이환의 표정이 어두워졌다.

"그, 그게……."

얼른 답을 하지 못했다.

사실대로 답해선 삼명을 살릴 수 없기에. 그렇게 말을 더듬는 이환을 지나쳐 적하마도가 삼명에게 직접 물었다.

"누구냐, 넌?"

"사, 삼명이라고 무위도문의 제자입니다."

금방이라도 죽일 것 같이 사나운 상대의 눈빛에 삼명의 음성은 자신도 모르게 떨려 나왔다.

그런 삼명에게 적하마도가 물었다.

"그래, 무위도문의 삼명, 왜 왔는데?"

"그, 그게……."

뒤에서 열심히 고개를 젓는 이환을 보면서도 삼명은 자신이 적하장에 찾아오게 된 연유를 소상히, 그리고 세밀하게 설명했다.

돈값 • 131

거의 반 시진에 걸친 이야기를 다 듣고 내린 적하마도의 결론은 생각 외로 간단했다.

"그러니까 돈값 해라?"

그 긴말이 어떻게 돈값으로 귀결되는지는 몰라도 완벽히 틀린 말도 아니라서 삼명은 적극적으로 고개를 가로젓지 못했다.

그런 삼명에게 피식 웃어 보인 적하마도의 시선이 측은한 표정으로 삼명을 바라보고 서 있던 이환에게 향했다.

"애들 몇 데리고 가서 해결하고 와."

"예, 애들 몇 데리고 이 자식을 곧바로 묻어 버리… 예?"

"뭔 소리야? 애들 데리고 가서 저 새끼네 문… 무위도문의 일, 해결하고 오라고."

"왜, 왜요?"

"말 못 들었어? 돈값 하라잖아."

적하마도의 말에 이환은 갈등 어린 표정을 감추지 못했다. 진심인지 농인지 구분을 해야 했기 때문이다.

그런 이환을 바라보던 적하마도의 인상이 구겨졌다.

"내가 가리?"

짜증! 진… 심이다.

확증을 얻은 이환의 허리가 곧바로 숙여졌다.

"아, 아닙니다. 곧바로 시행하겠습니다."

"그래, 깔끔하게 해결하고 와."

이제는 자신의 말처럼 입에 붙어 버린 싸가지 없는 말투는 둘째치고, 시도 때도 없이 튀어나오는 욕설조차 너무나 자연스러웠다.

그것에 좌절하면서 돌아서는 적하마도를 배웅한 이환이 허리를 펴고 삼명을 돌아봤다.

"자식, 전생에 나라를 구했나? 너 오늘 운 좋았다."

"저기… 근데 저분이 누구세요?"

삼명의 물음에 이환이 피식 웃었다.

"소교주."

"소교주면… 저, 적하마도!"

눈이 왕방울만 해지는 삼명의 모습에 이환은 괜히 기분이 좋아졌다.

이 호기 가득한 청년에게조차 자신의 주인은 이름만으로도 놀람을 주는 존재라는 걸 확인했기 때문이었다.

"눈알 빠지겠다. 그만 놀라고 서두르자."

"예? 아, 예."

지신이 천하삼웅으로 불러야 한다는 소문을 만들어 내고 있는 적하마도를 만났다는 것이 아직도 믿어지지 않는지 자꾸 뒤를 돌아보는 삼명을 이끌고 이환이 움직이기 시작했다.

삼명의 안내를 받아 도착한 무위도문은 초상집 분위기였다. 아니, 실제로도 문주가 죽었으니 초상집이 맞았다.

"사, 삼명!"

삼명과 함께 들어서는 이들의 면면을 확인한 설치의 음성에 당황성이 들어섰다.

일전에 일 할을 상납하라고 윽박지르던 이의 모습이 그들 속에 보였기 때문이다.

"대사형……."

말을 잇지 못하는 삼명을 설치는 아픈 눈으로 바라보았다.

아는 것이다. 그가 이런 일을 벌인 이유를……. 무슨 수를 쓰든 사형제들의, 사부의 복수를 하고 싶었을 테니까.

그렇게 삼명을 일별한 설치가 적도대의 무사 한 명에게 다가섰다.

"무위도문의 대제자 설치가 대협을 뵈오이다."

상관을 두고 자신에게 건네지는 인사에 적도대원은 꽤나 놀란 표정이었다.

"아, 저, 저기… 부대주님께 먼저……."

적도대원의 말에 설치는 기겁할 만큼 놀랐다.

바로 '부대주'란 단어 때문이다.

설치가 아는 한 적하장원에서 부대주라고 불릴 만한 이는 단 한 사람뿐이다.

마교의 과부 제조기, 사필귀도 이환!

오죽하면 별호에 사필(死必), 반드시 죽는다는 글귀가 들어갔겠는가? 실제로도 칼을 뽑아 든 채 그를 만나서 살아남은 이는 아직까지 아무도 없었다.

"네가 책임자냐?"

"아, 아닙니다. 문주께오선……."

답을 잇지 못했다. 문파의 책임자인 사부는 주검이 되어 사형제들과 나란히 누워 있었으므로…….

설치의 시선을 따라 주검들이 늘어선 마당을 훑어본 이환이 말을 이었다.

"상황상 네가 책임자겠구나."

"…말씀하시지요."

"뭘 원하나?"

앞뒤 다 자른 이환의 물음에 설치는 당황했다.

"예?"

"뭘 원하느냔 말이다."

소교주는 분명히 말했다. 깔끔하게 해결하고 오라고.

그러니 아쉬움, 불만 따위 남겨 두지 않을 생각이었던 것이다.

한데 전후 사정을 모르는 설치로서는 섣불리 답을 할 수 없었다. 어디까지를 이야기해야 하는지 선뜻 결정하지 못한 까닭이었다.

그런 설치를 대신해 삼명이 나섰다.

"일단, 금당상회에 항의를 해야 합니다."

삼명의 말에 설치를 바라보던 이환의 시선이 그에게 돌아갔다.

"걔들은 피해자라고 안 했어?"

"그들이 우리 영역에 무단으로 들어오지 않았다면 조금 더 나은 상태에서 적도를 만났을 것이고, 이런 불행도 막을 수 있었을 겁니다."

근거 없는 주장이다.

설사 대비를 하고 있었다 해도 지금의 결과를 감안하면 처음부터 금당상회와 무위도문이 함께 있었다 해도 별로 바뀔 것이 없을 터였다.

그렇다고 그것을 말로 꺼내 놓지 않았다.

그건 이들의 사정이고, 자신은 소교주의 명을 이행하면 그만이니까.

"동의, 하나?"

이환의 물음에 설치는 엉겁결에 고개를 끄덕이고 말았다.

그 결정에 이환은 두말없이 움직였다.

무위의 한 의원이 부상자들과 시신들로 채워졌다. 금당상회가 부상자들과 죽은 이들을 추려 들어온 까닭이다.

"얼마나 움직일 수 있소?"

상행의 책임자였던 부상단주의 물음에 철평이 한껏 가라앉은 표정으로 답했다.

"여덟입니다."

"나머지는……?"

"열둘이 중상이고, 서른이 죽었습니다. 중상자들 중에서도 상처가 깊은 이들이 적지 않아… 죽는 이들이 더 나올 겁니다."

"흐음… 움직일 수 있는 이들 중 한둘을 추려 상단에 소식을 전하시구려."

"알겠습니다."

답을 하고 신형을 돌리려던 철평을 부상단주가 잡았다.

"그리고… 관부가 알아서는 아니 되오. 이유는 굳이 설명하지 않아도 알 거라 믿소."

"유념해서 처리하겠습니다."

고개를 끄덕이고 물러가는 철평을 부상단주는 더 이상 붙잡지 못했다.

그래도 그나마 상인들과 일꾼들 중에선 희생자가 나오지 않았다. 겁을 먹고 모조리 뒤로 피해 있었던 까닭이다.

문제는 그게 좋은 일로만 작용하진 않을 것이란 점이었다.

"어디 작게라도 상처를 입었어야 하는 것을……."

그의 중얼거림이 끝나기도 전에 비명이 울렸다.

"아아아악!"

 사람들의 시선이 일제히 비명이 들려온 문가로 향하고…….

 깨끗하게 양분된 채 널브러지는 사내가 질렀을 비명의 여운을 밟고 다섯 사내가 들어서고 있었다.

 쫙-

 강하게 휘둘러 피를 털어 버리는 상대의 칼을 바라보던 철평의 눈이 검게 죽었다.

 '적도!'

 강호에서 적도를 쓰는 이들은 딱 한 부류다.

 마교의 사고뭉치들, 피와 죽음을 축제로 여기는 도귀들. 바로 적도대다.

 물론 과거에는 여러 곳이 붉은 도를 썼다.

 하지만 그들은 적하장이 문을 열기 직전인 삼 년 전에 깨끗이 사라졌다. 자신들과 같은 색의 칼을 쓰는 걸 절대로 용인할 생각이 없던 적도대에 의해.

 "머, 멈춰 주십시오."

 포권부터 취하며 다가서는 철평의 앞에서 이환의 걸음이 멈춰졌다.

 "네가 책임자인가?"

 그의 물음에 저만치 떨어진 툇마루를 바라봤던 철평의 시선은 이내 다시 이환에게 향해야 했다.

"맞습니다."

어느새 일꾼들 속에 숨어 바들바들 떨어 대는 부상단주를 내세울 수 없다는 것을 직감한 까닭이었다.

"우리가 어디서 왔는지 알겠지?"

"적하······."

"아니, 우린 무위도문에서 왔다."

상대의 말을 잘라 버린 이환은 뒤에 처져 있던 삼명을 앞으로 내세웠다.

"할 말 해. 문 앞에서처럼 대화가 잘 안 된다면 내가 알아서 해결할 테니까."

그 말을 듣는 삼명과 철평의 목으로 동시에 마른침이 넘어갔다. 직전에 이환의 해결 방법을 너무나 확실하게 본 까닭이었다.

"사, 사과를 받으러 왔습니다."

삼명의 말에 철평의 눈가가 이지러졌다.

"사과?"

"그렇습니다. 금당상회는 우리 무위도문의 영역을 어떤 양해도 없이 무단으로 침범했습니다."

"상행이었네."

"그 상행에 무사가 오십이나 붙어 있었습죠."

상대의 말이 맞다는 건 철평도 안다.

하지만 여기서 그걸 수긍해 버리면 문제가 복잡해진다.

금당상회가 무위도문에 빚을 지게 되기 때문이었다.

"상행에 호위 무사가 붙는 것은 일반적이네만."

철평의 말이 끝나기 무섭게 튀어나온 것은 삼명의 반론이 아니라 이환의 못마땅한 음성이었다.

"야- 더벅머리, 너 말끝이 짧다."

삼명이 어린 탓이다. 그에 반해 철평은 적어도 오십 줄에 가까워 보였고. 그러니 지금 정도의 하대는 강호의 관례상 문제가 없었다.

다만 이환의 기분이 좋지 않았던 것이다.

자신들의 대표가 된 듯한 삼명이 업신여김을 당한다는 느낌이랄까?

더불어 자신도, 거기다 덤으로 적하장까지 도매금으로 넘어간다는 생각이 든 것이다.

차갑게 번들거리는 이환의 눈과 마주친 철평의 목으로 다시금 마른침이 넘어갔다.

상대의 신분을 확실히는 알 수 없지만 적도대는 누가 되었든 모두가 절정 이상의 고수들이다.

그중엔 초절정들도 수두룩하고, 초극이나 그 이상의 경지에 올라선 고수들도 적지 않았던 것이다.

물론 철평도 절정이다. 한데 이런 압박감이라면… 상대는 최소 초절정, 최악의 경우 그 이상의 고수일 가능성도 있었다.

"실례지만 누구신지……?"

"나? 이환."

상대의 답에 철평은 굳어 버렸다.

제하십이강(題下十二强).

오늘 밤에 잠이 들었다가 내일 아침에 일어나서 십대고수를 십일대고수로 만들어도 하등 이상할 것이 없는 이들 중 한 명을 눈앞에서 보았기 때문이다.

평상시라면 광영도 이런 광영이 없다.

하나 지금과 같은 상황에서, 그것도 따지러 온 상대로 만났다면…….

"저희가 실수했습니다. 정중히 사과하겠습니다."

곧바로 고개를 숙이는 철평을 내려다보며 이환이 말했다.

"사과는 내가 아니라 저 친구에게 해야 할걸. 어쨌거나 무위도문의 대표는 저 친구니까."

결국 철평은 동일한 행동과 말을 삼명에게도 해야만 했다. 그걸 지켜본 이환이 삼명에게 물었다.

"이젠 어쩔 생각이지?"

"사과를 받았으니 그에 따른 적절한 배상을 받아야죠."

"그렇다는군."

자신을 돌아보는 이환의 말에 철평의 시선은 다시금 툇마루로 향했다.

그런 부분이라면 자신이 아니라 진짜 책임자인 부상단주

돈값 • 141

와 해결해야 할 사안이었기에.

그걸 알아본 이환이 낮게 중얼거렸다.

"진짜 대표로 만들어 줄까?"

말속에 든 농밀한 혈향에 아득해진 철평이 맹렬하게 머리를 가로저었다.

"아, 아닙니다. 자, 잠시만 기다려 주시면 제가……."

당황하는 철평에게 이환은 고개를 끄덕여 보였다. 상대의 마음이 바뀌기 전에 움직여야 한다고 생각한 철평은 겁에 질린 부상단주를 억지로 끌고 왔다.

그렇게 억지로 등 떠밀리듯 나선 부상단주는 이환을 힐끗거리면서 삼명과 밀고 당기기를 해서 금자 만 냥을 배상하는 선에서 합의를 했다.

"이제 이곳의 일은 끝났습니다."

"하면 돌아가면 되나?"

"흉수를 찾아야죠."

"흉수라……."

중얼거리며 뒤를 돌아보는 이환의 시선을 받은 적도대원 셋이 의원 마당에 가지런히 놓인 시신들에게 다가갔다.

잠시 그들을 살피던 적도대원들이 돌아왔다.

"십륜막입니다."

"어째서?"

"이 근방에서 륜을 사용하는 건 그놈들밖에 없는 데다, 상흔 중 몇 개는 분명한 일월쌍륜(日月雙輪)의 흔적입니다."

일월쌍륜. 십륜막의 막주인 홀사의 별호와 같은 그의 성명 무기다.

그 흔적이 나왔다면 범인은 그들이 명확했다.

"어찌할까?"

이환의 물음에 삼명이 마른 침을 삼키고는 고개를 끄덕였다.

"피값을 받아야죠."

그렇게 떠나려는 이환의 발길을 철평이 잡았다.

"저기… 따라가도 될까요?"

"네들이?"

"예, 찾아야 할 것도 있고……."

"그건 네들이 알아서……."

이환의 말을 삼명의 조심스러운 음성이 막아섰다.

"저희 무위도문의 권역에서 벌어진 일이니 되찾아 주어야 합니다. 그래야… 배상을 받는 이유도 되고……."

"별 시답지 않은……. 알았어. 따라와."

그렇게 철평과 두 명의 금당상회의 무사가 합류한 이환의 일행이 경태로 방향을 잡았다.

십륜막이 경태와 접경을 이룬 달단의 땅에 자리를 잡고 있었기 때문이다.

꽤나 커다란 상행을 성공적으로 털어 온 십륜막은 평소처럼 흥청대는 술판을 벌이지 않았다.
이유는 간단했다.
아직 돈을 손에 쥐지 못했기 때문이다.
무슨 소리냐고?
간단하다. 물건을 손에 넣기는 했지만 그건 돈이 되는 물건이 아니다.
약재와 무기들이야 북으로 내몰린 달단에겐 귀할지 몰라도 중원에선 흔하게 구할 수 있는 물건들인 탓이다.
그러니 그것들을 예정대로 수취인에게 건네주고 돈을 받아야 비로소 축하의 술판을 벌일 수 있었던 것이다.
그것을 위해 물건들은 수레에 실린 채로 고스란히 십륜막의 거처에 보관되어 있었다.
그런 십륜막으로 다섯 명의 사내가 들어섰다.
"누가 와?"
"사, 사필귀도입니다."
답하는 부막주의 눈은 사정없이 흔들리고 있었다.
그럴 수밖에 없는 것이 사필귀도란 이름의 무게를 십륜막으로서는 감당하기 어려웠기 때문이다.
"어, 어서 뫼시어라."
벌떡 일어선 홀사의 말이 끝나기 무섭게 삼명을 앞세운 이환이 안으로 들어섰다.

"어, 어서 오십시오, 대협!"

이미가 땅에 닿을까 걱정일 정도로 고개를 숙이는 홀사를 일별한 이환은 그가 방금 전까지 앉아 있던 태사의에 몸을 실었다.

주인이 있는 곳에서 그 주인의 자리를 차지하고 앉는 것은 결례다. 그것도 커다란······.

하지만 그 결례를 범한 이환도, 당한 홀사도 그것엔 크게 개의치 않았다. 어차피 상대는 예의나 관례 따위 발톱의 때만큼도 신경 쓰지 않는 마교의 인사였기에.

"네가 홀사인가?"

"예, 대협. 미천한 이름으로 십류막을 맡고 있는 홀사입니다."

"그래, 그 미천한 인사가 이번엔 간이 배 밖으로 나왔더군."

"무, 무슨 말씀이시온지······?"

정말 몰라서 묻는 건 아니다.

사필귀도가 왔다는 말을 들었을 때부터 이유는 짐작하고 있었으니까. 다만 모른 척할 뿐이다.

몰랐다고 우겨야 산다는 걸 직감한 까닭이었다.

피식-

"뭐, 다 살자고 하는 짓일 테니까. 거짓은 대충 넘어가지. 그리고 계산은 내가 아니라 저 친구가 할 테니까."

이환의 말에 삼명을 돌아보는 흘사의 눈에 긴장감이 가득 차올랐다.

진천명은 못마땅한 표정으로 손에 든 보고서를 읽고 있었다.
"그러니까… 적하장이 세력을 확장하는 것이 확실하다?"
"예, 분명합니다."
"그건 일전에도 올라왔던 보고 같은데."
"예, 해서 심도 있는 조사가 시행되었습니다."
"그래서 결론이 이거라는 이야기인가?"
"예, 맹주님."
군사, 제갈향의 답에 진천명은 남모르게 한숨을 내쉬었다. 무공에 미쳤다는 그 애송이 놈이 이런 일을 벌일 리가 없었다.
세력을 넓힌다는 건 신경 써야 하는 일이 늘어남을 의미했다. 그리고 그렇게 신경을 분산시키다 보면 무공의 발전은 더뎌진다.
지금의 자신처럼.
"어찌 이런 결론이 나온 겐가?"
"십륜막이 증거입니다."

"십류막이면……."

"달단에 빌붙어 있는 마적 집단입니다."

들은 기억이 있다. 달단의 땅에 살면서 간혹 중원으로 들어와 약탈과 마적질을 벌인다던가?

한때 공동이 토벌을 나섰다가 크게 데인 적이 있었다.

그 일로 공동이 백도맹에 도움을 청했으나 자칫 달단을 자극할 수 있다는 우려 때문에 부결되었다.

"한데 그들이 왜?"

"얼마 전에 무위에서 십류막이 금당상회의 상행을 습격한 적이 있었습니다."

금시초문이다.

매일 아침 올라오는 정세 보고 어디에서도 그런 이야기를 본 기억이 없었다.

그런 진천명의 의문을 예상했던지 제갈향이 재빨리 설명을 이었다.

"신경 쓰실 만한 일이 아니었던지라……. 아시겠지만 무위는 어차피 사황성의 권역으로 치부되는 곳이기도 했고……."

꼭 그것만이 아니겠지만 진천명은 따지고 들지 않았다. 자신의 임무가 백도맹의 권력 장악이 아니라 구파일방, 오대세가의 독선적인 폭주를 제어하는 것이라 믿기에.

"알았으니 이야기를 해 보게."

진천명의 말에 가볍게 고개를 숙여 보인 제갈향이 설명

을 시작했다.

"금당상회가 운영하는 상행이 무위에서 십륜막에게 약탈을 당했습니다. 그 과정에 무위도문이 휩쓸려 큰 피해를 입었습니다."

"그래서?"

"문제는 무위도문이 적하장에 도움을 청했다는 겁니다."

"설마 적하장이 도움을 주었다고 말하는 건 아니겠지?"

"그게… 사필귀도 이환이 튀어나왔습니다."

자신의 자리에서나 별거 아니지 어지간한 이들에게 그는 죽음의 사신이다.

그런 인사가 튀어나왔다는 건…….

"적하마도가 벌인 일이라 확신하나?"

"사필귀도는 공공연히 적하마도의 오른팔로 소문난 인사입니다. 그가 독단적으로 행동했다고는 생각지 않습니다."

제갈향의 단언에 진천명의 표정이 무거워졌다.

"하면 그가 무위도문을 도운 이유는 뭔가?"

"바로 그것 때문에 마교가 세력을 확장한다고 말씀드린 것입니다."

"자세히 설명해 보게."

"무위도문은 일전의 보고 때 말씀드렸듯이 적하장에 상납… 보호세를 낸 문파들 중 하나입니다."

"하면……?"

"예, 이번에 무위도문이 들고 나온 명분이 바로 보호세를 낸 대가입니다."

사실이 그렇다면 쉽게 생각할 수 없는 일이다. 그만한 인사가 앞뒤 생각 없이 일을 벌이지는 않을 것이기에.

"그래서 군사부의 의견은 뭔가?"

"마교가 섬서를 장악하려 한다는 것입니다."

위험한 말이다. 섬서엔 공동만이 아니라 화산과 종남이 자리를 잡고 있다. 그곳을 마교가 장악하려 한다면 구파일방과의 충돌은 불가피하다.

백도맹에서 구파일방이 차지하고 있는 영향력을 생각한다면 이는 곧 백도맹과 마교가 충돌하게 됨을 의미했다.

"명확히 확인된 것인가?"

진천명의 음성이 낮아졌다. 말속에 든 위험을 제대로 감지한 까닭이다.

"비영당이 최선을 다해서 움직이고 있습니다. 야욕이 확인되면… 맹주님의 결단이 필요합니다."

제갈향의 음성에서 짙은 혈향이 풍겨왔다.

한데 도대체 무슨 배짱으로……?

"그것이 사실이라면 움직여야 하겠지만… 대비책은 있는 겐가? 그들에겐 적혈검마와 적하마도가 있네."

그들을 막아설 능력을 가진 백도인은 맹주인 진천명 혼자이기 때문이다.

"적하마도가 예전과 다르다는 정보가 많습니다."
"다르다?"
"예, 광록철부의 일도 이해하기 힘들고… 맹주님과의 충돌에서 무언가 문제가 생긴 것이 아닌가, 조심스럽게 의심 중입니다."

이제야 구파일방과 오대세가의 이익을 대변하는 군사부가 적극적으로 나서는 이유에 대한 실체를 접한 셈이다.

그들은 원하는 것이다.

적하마도 그 빌어먹을 애송이 녀석에게 문제가 생겼기를……

하지만 진천명은 안다.

그날 그는 적하마도 그 애송이한테 아무런 위해도 끼치지 못했다.

그러니 저들의 바람은 그냥 덧없는 욕심일 뿐이다.

"하면 내 맹주로서 부탁을 하나 하지."
"명을 내리시면 충심으로 따르겠습니다."

제갈향의 말에 진천명은 희미하게 웃었다.

꿀 같은 소리… 듣기는 좋겠지만 안에 감춰진 진실은 언제나 잔혹한 법이니까.

"마교가 섬서를 장악하려는 것인지 확인하는 것보다 적하마도, 그 작자의 이상 여부를 확인하는 것이 우선되어야 하네."

"그 말씀은……?"
"그가 건재하다면 우리가 일어서도 피와 죽음만이 기다릴 뿐일세. 내 말… 알아들으리라 믿네."
 진천명의 말에 제갈향은 아무 답도 없이 고개를 조아렸다.

제7장
이해할 수 없는 일들

　공동의 장문인인 천성자는 일단의 수뇌들과 함께 백은에 터를 잡고 있던 은림보(銀鱗堡)로 들어섰다.
　크진 않으나 역사가 이백 년에 이를 정도로 은림보는 탄탄한 무공을 가지고 있었다.
　물론 강호를 떨어 울릴 만한 고수를 낸 적은 없었다. 하지만 절정의 고수는 꾸준히 배출한 덕에 그들을 쉽게 무시하는 곳도 드물었다.
　그런 은림보가 섬서 서남부의 지배자인 공동의 방문을 받고 있었다.
　"어서 오시지요."
　보주인 은성의 인사를 천성자가 선선히 받았다.

"그동안 격조했습니다."

"궁핍하다 보니 보를 살피느라 원행을 나갈 엄두를 내지 못했습니다. 송구합니다."

"허허, 겸양이 지나치십니다."

그저 허울뿐인 인사가 그렇게 지나자 은성이 단도직입적으로 나왔다.

"보의 기풍이 워낙 둘러 묻는 것을 하지 못하는 지라… 갑작스런 장문인의 발걸음에 대한 연유를 청합니다."

"직접적인 것을 좋아하신다니 그럼 저도 다 열어 보이지요. 실은 공동이 백은을 놓아 볼까 합니다."

"그게… 무슨 소리신지……?"

"말 그대로입니다. 공동이 백은을 권역에서 빼려 합니다."

천성자의 답에 은성은 잠시 심호흡을 해야만 했다.

"하면 백은을 버린다는 뜻입니까?"

"요사이 마교, 정확히는 적하장의 움직임이 심상치 않다는 건 알고 계시리라 생각합니다."

"소문은 듣고 있습니다만, 하면 백은을 더 소중히 생각하셔야 하는 것이 아닙니까?"

공동과 적하장의 경계는 일전에 사고가 난 고랑, 무위, 금창을 잇는 지역이다. 거기다 경태가 십륜막의 영향하에 있기에 실질적인 공동의 경계는 백은인 셈이었다.

그러니 은성의 말대로 적하장의 움직임이 이상하면 공동은 백은에 고수들을 투입해 경계를 더 철통같이 지켜야 하는 것이다.

"그것이… 공동은 대항보다는 절충을 택하기로 하였습니다."

"자, 장문인!"

놀라는 은성에게 청성자가 물었다.

"어떻게, 지역을 옮겨 보시겠습니까? 응한다면 천수를 내어 드릴 수 있을 듯합니다만."

  천수는 공동의 권역에서 유일하게 무가가 들어서지 않은 도시였다. 이렇게까지 말한다면 공동은 정말로 물러설 생각인 것이다.

  하지만 조상 대대로 이백 년간이나 닦아 온 터를 버리고 이전을 해 갈 리 만무하지 않은가 말이다.

"우리가, 이 은림보가 모든 힘을 내어 드리겠습니다. 그러니……."

"보주, 우리라고 물러서고 싶겠습니까? 하나 중과부적입니다. 적하마도가 야욕을 품으면 공동은 막을 힘이 없다는 거, 보주도 아시지 않습니까?"

"하, 하나 장문인! 왜 공동이 홀로 막으려 한단 말입니까? 정말로 적하장이 야욕을 먹었다면 백도맹의 일이 되는 것 아닙니까?"

이해할 수 없는 일들 • 157

"물론 그렇지요. 하여 백도맹에도 도움을 청했었고……."
"한데도 물러선단 말입니까?"
"백도맹의 요구가… 공동이 감당하기 어려웠습니다."
천성자의 답에 은성의 눈빛이 가라앉았다.
"백도맹의 요구가… 무엇이관데……."
"알아서 해결될 일이 아닙니다. 그저 천수로 이전하시길 권합니다."
"장문인!"
"허허, 알려 드려도 소용이 없다는데도요."
"이리 부탁을 하겠습니다. 하니 말씀해 주시지요."
일말의 가능성만 있다면 죽은 놈 불알이라도 잡고 늘어져야 할 상황이었다. 그러니 공동이 감당하지 못할 조건을 할 수만 있다면 은림보가 맡아 볼 생각이었던 것이다.
"허허, 그리 원하시니. 실은……."
이후에 이어지는 천성자의 말을 듣는 은성의 눈은 점점 커져만 갔다.

이환이 나섰던 무위도문의 일은 깔끔하게 정리가 되었다.
금당상회는 사과의 의미로 무위도문에 금자 일만 냥을 배상했다.

그리고 원흉인 십륜막은 창고를 탈탈 털어 금자 오만 냥을 무위도문에 물어 주었다. 거기에 더해 앞으로 십륜막은 무위도문의 땅엔 발도 들여놓지 않겠다는 약조를 해야만 했다.

뿐인가, 그 출혈을 감수하고 뺏어 왔던 금당상회의 물건까지 고스란히 돌려주었다.

이환이 두 눈을 부릅뜨고 지키는 동안 이루어진 협상은 그렇게 끝이 났다.

무위도문은 문주가 죽고 대부분의 제자가 비명횡사를 당했지만 이름을 지켰다.

거기다 명성도 얻었다. 자신들의 권리를 죽음과 기백으로 지켜 냈다는.

또 하나, 적하장이라는 무시 못할 배후도 얻었다.

한데 이게 좀 묘하게 작용했다.

무위도문의 일이 있은 연후, 적하장에 상납하던 무문들의 콧대가 갑자기 높아진 것이다.

주변 눈치를 살살 보던 힘없는 무문의 문주가 가입을 권하러 온 사황성의 사자에게 삿대질을 하며 화를 내는 일까지 벌어졌다.

웃긴 건 그런 문주에게 사황성의 사자는 아무 소리도 하지 못한 채 돌아갔다는 것이다.

그리고… 적하장에 상납하겠다며 스스로 찾아오는 문파

의 수가 급증했다.

　오늘도 벌써 두 개의 문파가 상납하겠다며 스스로 찾아와서 돈을 놓고 돌아갔다.

"이래도 되는 건지 모르겠다."

　기철의 말에 이환도 근심 어린 표정으로 어깨를 으쓱였다.

"나도 모르겠다. 도대체 무슨 생각이신지."

"총타에선 아무 말도 없냐?"

"공식적으로는."

　이환의 답에 기철이 피식 웃었다. 그 말은 비공식적으로는 압력이 들어오고 있다는 뜻이었으니까.

　솔직히 기철 자신도 적잖이 시달리는 중이었다. 그래서 물을 수 있었다.

"너도 압박을 많이 받는 모양이로구나."

"장로 회의에서 하루가 멀다 하고 전서가 날아온다. 그저께는 수석 장로께서 직접 보낸 친필 전서도 받았다."

"뭐라 하시데?"

"계속 이따위로 보필하면 쫓아와서 목을 따 버리겠다더라."

　이환의 말에 기철이 자신의 이야기를 꺼내 들었다.

"나도 호법원에서 난리도 아니다. 어제 온 전서에선 이런 식이면 대호법이 직접 오겠다더라."

말을 하고는 둘이 서로를 마주 보며 피식 웃었다.

걱정은 되지만 겁은 안 먹는다. 쫓아와 죽이네 마네 해도 그들은 절대로 이곳으로 오지 못한다.

소교주의 성품상 그렇게 달려온 다음엔 절대로 온전하게 돌아가지 못한다는 걸 그들 자신이 더 잘 알고 있기 때문이다.

"그래도 이건 문제지 싶다."

기철의 말에 이환이 고개를 끄덕였다.

호가호위(狐假虎威)는 마교의 무인들이 가장 싫어하는 행동이다.

스스로의 힘이 아니라 타인의 힘을 뒤에 업고 마치 자신의 힘인 양 거들먹거리는 것이기 때문이다.

"그렇긴 한데… 무슨 생각이신지 도통 모르겠으니."

"요새도 책만 보시냐?"

"그래, 지난 며칠간 책만 들입다 파시더라."

"무슨 책인 줄은 알아?"

기철의 물음에 이환이 고개를 저었다.

"생전 처음 보는 것들만 보시더라."

그 말에 걱정 어린 기철의 시선이 소교주의 거처로 향했다.

"이렇게 벌여 놓은 일들이 제대로 끝나야 하는 건데……."

기철과 이환의 걱정을 아는지 모르는지 적하마도는 자신의 거처에 틀어박힌 채 책에 몰두해 있었다.

처음엔 학사의 본분을 지키자는 의미에서 십삼경의 하나인 시경부터 시작했었다.

한데 지금 자신에게 필요한 건 학문을 닦는 게 아니란 것에 생각이 미쳤다.

여하간 지금 자신은 백은 서원의 서원주가 아니라 마교란 강호 집단의 소교주였기 때문이다.

그래서 가져다 펼친 것이 무공 비급이었다. 처음엔 적하장에 소장된 비급들부터 시작했다.

한데 이게 좀 웃겼다.

마치 십삼경을 모조리 뗀 자신이 천자문을 보는 기분이랄까?

자신의 기억, 물론 정확히는 놈의 기억이겠지만… 여하간 그의 머릿속엔 상승의 무공의 원리들이 가득 들어 있었으니까.

그런데 그런 놈의 지식을 기반으로 깔고, 학사의 학문적 지식을 이용해서 기초 무공서들을 보았더니 놈의 생각과는 조금 다른 것들이 보이기 시작했던 것이다.

"그러니까 여기서 검을 사선으로… 가만 근데 왜 발을 틀라고 하는 거지?"

모든 서적엔 작성자의 숨겨진 뜻이 담겨져 있다. 하물며 비급이라 불리는 책임에야…….

홀린 듯 일어나 몸을 움직이는 적하마도의 눈이 반짝이고 있었다.

무언가를 찾아 헤매는 기철을 이환이 불렀다.
"뭐 하는 거야?"
"그게… 내 검이 없어져서……."
"무슨 소리야? 네 검은 차고 있잖아."
"아! 이거 말고 예비 검 말이야, 예비 검."
무문이니 적하장에도 무기고가 있다.
문제는 적하장에 머무는 무력 집단의 특성 때문에 단 한 가지의 무기만 갖춰져 있다는 것이다.
도(刀)!
그 외의 무기는 일절 보유하지 않았다.
그러니 검을 쓰는 기철의 입장에선 스스로 예비 검을 준비해 둘 수밖에 없었던 것이다.
"네 검을 가져갈 사람이 없잖아."
당연했다. 소교주 이하 전원이 도객인 적하장에서 검을 가져갈 사람이 없었으니까.
"그렇긴 한데……."
"어디다 처박아 두고 헤매는 거 아니야? 방이나 다시 찾아봐."

이환의 핀잔에 기철은 할 수 없이 자신의 방으로 돌아가야만 했다.

그 시각, 소교주의 거처에서는 적하마도가 검 한 자루를 들고 열심히 비급이 숨겨 둔 오의에 따라 움직이고 있었다.

만일검(萬日劍), 천일도(千日刀), 백일창(百日槍), 십일권(十日拳)이라는 말이 있다.

물론 자신이 사용하는 무기에 따라 이 말을 뒤집어쓰는 경우가 비일비재하지만 대체적으로 검이 가장 다루기 어렵고, 권을 익히기 가장 쉽다고 말한다.

소림의 권법승들이 들으면 코웃음을 칠 이야기긴 하겠지만……

한데 그런 잣대가 뒤바뀌는 일이 적하장에서 시작되고 있었다.

"뭘 하시자고요?"

"비무."

적하마도의 답에 기철이 불안한 웃음을 지었다.

"저기… 속하가 잘못한 일이라도……?"

"쯧, 말이 많아."

적하마도의 못마땅한 음성에 기철이 얼른 나섰다.

"살살… 부탁드립니다."

"난 제대로 부탁하지."

그 말과 함께 적하마도가 꺼내 든 무기를 보고 기철의 눈이 화등잔만 해졌다.

"어! 그, 그건!"

"검이지. 왜, 문제가 되나?"

문제가 된다. 지난 며칠간 그렇게 애타게 찾던 자신의 예비 검이었으니까.

하지만 그렇게 물어본 상대가 소교주라면 답은 달라질 수밖에 없었다.

"아, 아닙니다."

"그럼 바로 시작하지."

적하마도의 말로 비무가 시작되었다.

마교에서 무공을 두고 적당히란 말은 없다.

당연히 살살해 달라고 부탁했어도 비무에 들어가면 기철은 최선을 다한다.

물론 소교주도 마찬가지일 테고. 그러니 그렇게 겁을 먹는 것이다.

소교주의 능력상 자칫 한 수만 놓쳐도 그길로 황천으로 직행할 수도 있기에.

그래서 기철은 첫 타부터 맹공을 퍼부었다.

선수를 놓치면 제대로 된 공격은 단 한 차례도 해 보지 못

이해할 수 없는 일들 • 165

하고 끝날 거란 위기감 때문이었다.
 한데…
 파캉-!
 날카로운 금속성을 남겨 두고 검 한 자루가 핑그르르 허공을 돌아…
 푹-!
 땅 위에 박혔다.
 "흠… 이렇게 하면 안 된다는 소린데…….."
 칼을 놓친 이는 담담한데 그렇게 상대의 칼을 날려 버린 사람이 잔뜩 당황했다.
 "소, 소교주님."
 "아, 내가 뭘 좀 잘못 생각했었나 봐. 다시 한 번 가지."
 아무렇지도 않게 바닥에 박혀 있던 검을 뽑아 든 적하마도가 다시 자세를 잡았다.
 "와 봐."
 진 놈이 도발이다.
 '가만, 졌다고? 천하쌍웅과 비등하다는 그 적하마도가!'
 눈을 크게 뜨고 멍하니 서 있는 기철에게 적하마도가 못마땅한 음성을 흘렸다.
 "새끼… 자냐!"
 물씬 풍겨 나오는 기운이 살기다.
 비로소 화들짝 놀라 정신을 차린 기철이 마음을 다잡고

검을 쥔 손에 힘을 주었다.

'그러면 그렇지. 아까는 장난이었던 거야. 좋아, 이번에도 강공이다!'

"으랏차차!"

힘찬 기합과 함께 자신이 아는 최강의 공격 초식을 뿌렸다.

빠캉-

다시 검이 허공을 돌았다.

그리고…

푹-!

땅에 박혔다.

"흐음… 이것도 아니란 건데……."

여전히 알 수 없는 말을 중얼거리며 검을 집으러 가는 적하마도를 바라보는 기철의 얼굴엔 당황감과 함께 알 수 없는 불안감이 가득했다.

그렇게 황당한 비무가 계속되는 동안 한 가지 소문이 적하장에 퍼졌다.

소교주가 검을 배운다.

이미 도로써 끝을 본 이가 다시 검을 배운다? 좀처럼 이해하기 힘든 행동이다.

혹자는 만류귀종이니 검이나 도나 별반 다르지 않을 거라 생각할지도 모르지만 그건 망상에 불과하다.

검과 도는 엄연히 쓰는 방법이 다르다. 당연히 운영도 다르고 초식들의 구성도 다르다.

그래서 검수가 도를 잡으면 제 실력의 반을 날려 먹는다고 말한다. 그건 도객이 검을 잡아도 마찬가지다.

그래도 끝을 본 사람이니 더 빨리 도달하지 않겠냐고?

물론 그럴 것이다. 초짜보다야 무리의 이해도가 상상할 수도 없이 뛰어날 테니까.

하지만 그것도 한계가 있기 나름이다.

적어도 분야가 달라지면 그에 따라 바닥부터 새로 배워야 하는 것들이 생기기 때문이다.

그게 정설이고, 그게 현실이다.

한데…

푸캉-

날카로운 금속성을 남기고 검이 허공을 돌았다.

그리고…

푹-!

검이 바닥에 꽂혔다.

"이제 제대로 되네."

적하마도, 소교주의 만족스런 음성을 들으며 기철은 자신의 손을 떠나 바닥에 박힌 애검을 멍한 시선으로 바라봤다.

그게 검을 들고 소교주와 비무를 벌인 지 보름 만에 벌어진 일이었다.

턱을 괴고 심각한 표정으로 앉아 있는 기철에게 이환이 다가섰다.
"무슨 생각을 그렇게 골똘히 해?"
"소교주님 말이야."
"소교주님이 왜?"
"예전에 검술 배웠었다는 소리 들어 본 적 있어?"
"전혀! 자신에 대한 반발심으로 도를 잡았다고 교주님이 난리쳤던 거 기억 안나?"
난다. 그때가 소교주 나이 다섯 살 때였나? 그 어린 나이에 자신들은 마주 대하는 것만으로도 숨이 턱턱 막히던 교주에게 바락바락 대들던 모습이 눈에 선하다.
그렇게 우겨서 결국은 교주의 반대를 꺾고 일반 제자들이 다 겪는 죽음의 관문으로 스스로 걸어 들어갔었다.
기억을 떠올리며 고개를 끄덕이는 기철에게 이환이 물었다.
"한데 그건 갑자기 왜?"
"소교주의 검술… 발전 속도가 너무 빠르다."
"뭐, 네 검 날려 보낸 거?"
"……."

말없이 고개만 끄덕이는 기철의 모습에 이환이 피식 웃었다.
"상처 받았냐?"
"너 같으면……."
대번에 툭하니 꺼내 든 말을 힘없이 흘었다. 이환은 도를 쓴다. 도를 가지고 소교주와 비교하는 일은 있을 수 없었던 것이다.
"네가 생각하는 것처럼 소교주는 도법에 있어선 현존하는 강호인들 중 최고봉이야. 검을 들었다고 그 능력이 어디 가겠냐? 검술 대련도 아니고 그저 네 검 하나 훔쳐서 던지는 거야 일도 아니라고. 알잖아."
연신 피식 거리는 이환의 말에 기철은 고개를 저었다.
"넌, 내가 도법과 검술도 구분 못하는 머저리로 보이냐?"
그 말에 이환의 입가에서 웃음기가 점차 사라졌다.
"그, 그럼……."
"분명한 검술이다. 그것도 수라검(修羅劍)의 삼 초식 취명(取命)이었단 말이다."
수라검, 이름만으로는 무슨 상승의 검술 같지만 사실은 마교의 입문 무공 중 하나다.
검을 선택한 마교의 제자들이 가장 먼저 배우는 검술이 바로 수라검이었던 것이다.
"무슨 말도 안 되는……. 취명으로 어떻게 네 검을……."

"그러니 내가 미치고 팔짝 뛰겠는 거다. 더 웃긴 건 뭔 줄 아냐? 아무리 생각해도 거기서 빠져나갈 구멍이 안 보인다는 거다."

"무슨 말도 안 되는! 이 초식으로 어떻게 그게 가능하다고?"

이환은 도객이면서도 능숙하게 수라검의 삼 초식인 취명을 펼쳐보였다. 도객도 수라검은 배운다. 검수를 이해하기 위한 방편으로 삼기 때문이다.

그 모습을 바라보던 기철이 입을 열었다.

"발을 비틀지 마. 그리고 거기서 팔꿈치를 반 촌만 안으로 당기고."

"뭐, 이렇……!"

기철의 말대로 따라하던 이환의 눈이 왕방울만큼 커졌. 취명이 보이는 반쪽짜리 회전이 더없이 완벽해진 탓이다.

"거봐, 내가 미치고 팔짝 뛴다고 했잖아."

그렇게 기철의 옆에 고심하는 이환이 더해졌다.

적하장의 연무장 한 귀퉁이에 오늘도 기철과 이환이 턱을 괴고 심각한 고민에 빠져 있었다.

나름대로 이름깨나 날린다는 두 사람이 머리를 맞대고서도 소교주가 보인 취명의 변식을 깰 방법을 찾아내지 못한 것이다.

이해할 수 없는 일들 • 171

그런 두 사람에게 적하마도가 빠른 걸음으로 다가섰다.

"기철, 기철."

"예, 소교주."

벌떡 일어서는 기철에게 다가온 적하마도가 그를 연무장 안으로 끌고 들어갔다.

"자, 이번에도 내가 막을 거야. 그러니 들어와 봐."

말은 그렇게 하면서도 시선은 책에 두고 있다. 그런 적하마도에게 기철이 조심스럽게 물었다.

"저기… 지금 말입니까?"

"그래, 지금."

그 말에 소교주의 안위보다 분노가 먼저 치고 올라왔다. 아무리 하수라 하나 바라보지조차 않으며 달려들라는 건!

푸황-

가진 내력을 모조리 풀고, 반드시 죽인다는 살심까지 일으켰다.

그게 얼마나 강력한 기파를 형성했던지 수련하던 적하대원들이 모조리 칼을 꺼내 들고 몰려들 정도였다.

한데…….

"뭐 하냐? 얼른 안 오고!"

툭-

소교주의 음성에 무언가 자신의 의지들 중 하나가 끊어져 나가는 걸 기철은 분명히 느꼈다.

"죽어어어어엇!"

기철이 날았다.

신살쾌검(神殺快劍), 신조차 죽일 수 있다는 검속을 가진 기철의 진신절예가 최대치로 터져 나온 것이다.

팅-

쾌검의 최대 파괴력은 검속이 최대치를 돌파한 순간이다. 이때는 같은 힘을 가진 검술이나 도법이 아니면 막을 수 없다. 속도에 비례해 늘어난 충격력 때문이다.

한데…….

상대의 검은 보지도 않은 채 소교주의 검이 무서운 속도로 달려들던 기철의 검을 막았다.

어떻게?

검첨으로 검첨을 정확하게 맞춰서.

이건 날아오는 바늘을 자신이 들고 있던 바늘 끝으로 막아선 것과 동일한 일이었다.

보는 이들과, 막힌 이의 입은 쩍 하니 벌어졌는데 정작 막은 이는 불만스러운 표정으로 가득했다.

"이게 아닌데. 쫙 갈라지면서 파고들어야 한다는데 뭐가 부족했던 거지……."

연신 고개를 갸웃거리는 소교주가 들고 있는 비급에 시선을 주었던 적도대원 하나의 입에서 경악성이 튀어나왔다.

"제, 제검비(制劍秘)!"

이것도 기본 무공이다. 상대의 검술을 제압하는 비기.

이름은 거창하지만 실제로는 실현 가능성이 전혀 없는 무공이다.

그럴 수밖에 없다.

상대와의 차이를 무시한 채 모든 검술을 막을 비기라는 건 있을 수 없기 때문이다.

아직 이해가 안 간다고?

생각해 보자. 이제 막 입문한 제자가 제검비를 익혔다 치자.

얘가 교주의 검을 막을 수 있나?

아니면, 정파 제일인이라는 철혈부동의 검은?

말도 안 되는 것이다.

결국 제검비를 익혀서 쓸모가 있는 경우는 비슷한 경지의 상대를 만났을 경우다.

하지만 이 경우엔 제검비를 익히지 않았다 해도 상대를 막아 낼 수 있다.

왜?

자신의 진신무공으로 상대가 가능하니까.

이제 알겠나?

제검비는 익혀도 소용이 없는, 시간만 축내는 무공이었던 것이다. 그러니 무공 취급도 못 받는 것이다.

그런데 왜 기본 무공이냐고?

그건 아무도 모른다. 삼대 교주였던 십전마제(十全魔帝)가 어느 날 자기 마음대로 끼워 넣었다니까.

그러고 보면 수라검도 오대 교주였던 신검마존(神劍魔尊)이 기본 무공으로 채택했었다.

그러고 보니 소교주가 최근에 익힌다고 난리쳤던 것들이 묘하게 전대 교주들이 아무 설명도 없이 끼워 넣은 무공들이다.

그 무공들의 창시자가 누구냐고?

당연히 그걸 끼워 넣은 교주들이다.

그 때문에 당시엔 말단 무사부터 최고위 장로들까지 혹시나 숨겨진 뭐가 없을까 싶어 죄다 파고들었다던가?

물론 아무것도 건지지 못한 채 몇 년이 가기 전에 죄다 시들해졌다지만…….

그런데 그걸 본 소교주는 다른 것들을 이루어 내고 있었다.

혹시…….

혼란에 빠진 기철은 아니지만 이환을 필두로 한 적도대원들의 눈빛이 초롱초롱 빛나기 시작했다.

제8장

힘을 찾다

기철은 이제 놀랄 기운도 없었다.

소교주가 검을 잡은 지 이제 두 달, 수라검을 시작으로 제검비를 거쳐 참살검(斬殺劍)에 도달해 있었다.

오늘은 그 참살검의 사 초식 굉천(轟天)에 이십 년간 써오던 애검이 반 토막 나는 참극을 겪어야만 했다.

"흠… 이번 건 나름 제대로 들어갔네."

무인에게 있어 애병은 또 다른 분신이다. 정 줄 곳이 마땅치 않은 마교의 무인들에겐 그 의미가 조금은 더 각별했다.

툭툭…….

무언가 떨어지는 바닥을 일별한 적하마도의 시선이 고개를 숙이고 서 있는 기철에게 향했다.

"너… 우냐?"

◈　　◈　　◈

기철이 이십 년 동안 생사고락을 함께해 온 검을 잃은 날 오후, 생각지 못한 이들이 적하장의 문을 두드렸다.
"누구?"
"은림보라고 백은의……."
"알아, 그건."
정말이다. 안다. 그것도 상당히 잘. 그가 백은에 서원을 세운 것이 그들 때문이기도 했으니까.

시간이 지났다 하나 잊어버리기엔 너무 깊은 인연을 맺은 이들이다. 그래서 이름을 듣는 것만으로도 반가운 이들이었고.

하지만 지금은 좋은 때가 아니다. 자신은 백은 서원의 젊은 서원주가 아니라 이름만으로도 산천초목을 떨게 만든다는 마교의 악독한 소교주였으니까.

그래서 서원을 다니러 백은에 갔을 때도 애써 은림보에서는 눈을 돌렸었다.
"아, 예."
"한데 그들이 무슨 일로?"
적하마도의 물음에 이환이 조심스럽게 답했다.

"그게… 저희 휘하로 들어오고 싶답니다."

"뭐?"

"말은 그렇습니다만 고쳐 말하면 상납금을 내겠다는 거죠."

"은림보가?"

"예."

묻는 적하마도도 답하는 이환도 좀처럼 이해할 수 없었던 것은 은림보가 백도의 문파였기 때문이다.

더구나 그들이 있는 백은은 공동파의 권역이었다. 당연히 지금까지 그들은 기부란 명목으로 공동파에 보호세를 내 왔다.

그런 은림보가 갑자기 적하장에 상납을 하겠다고 스스로 찾아왔다.

이건 누가 봐도 이해하기 어려운 일이었다.

"왜라고 생각해?"

적하마도의 물음에 이환이 고개를 저었다.

"아직은… 해서 밀야각에 전서를 보내 놓았습니다. 사흘이면 정보를 받아 볼 수 있을 겁니다."

"그럼 그때까지 저들은 그냥 두고?"

적하마도의 물음에 이환의 얼굴이 벌겋게 변했다.

"그, 그야……."

"빙충이! 가서 데려와."

"예, 소교주님."
 고개를 조아리고 물러나는 이환의 얼굴은 여전히 화끈거리고 있었다.

 그렇게 반 각 정도가 흐르고, 눈이 익은 노고수와 장년의 사내가 이환과 함께 들어섰다.
 그들을 보자 애써 눌러 놨던 반가움이 튀어나왔다.
 "어서 와. 오랜만이야."
 불만스러웠다. 반가운 이들에게까지 이런 말투라니…….
 "바, 반갑습니다."
 당황한 노고수의 응대에 이환이 물었다.
 "저기… 만나 보신 적이 있는 이들입니까?"
 그제야 자신이 무엇을 실수했는지 알아차린 적하마도가 겸연쩍게 웃었다.
 "사해는 동도, 그냥 그렇다는 거지."
 얼버무리며 웃었지만 결과는 좋지 못했다.
 눈빛은 잡아먹을 것 같은데 입만 웃으면 그보다 괴상한 것도 드물 테니까.
 "그, 그리 생각해 주시니 이 은 모가 감읍할 다름입니다."
 친아들처럼 대해 주던 이의 공대가 서운했다.
 하지만 그걸 바로잡을 근거는 가지고 있지 않았다.
 "무슨 말을……. 앉지. 거기 형님도 앉고."

자리에 앉던 노고수의 몸이 멈춰 서고, 이환은 뭔가 잘못 들었나 싶어 귀를 후볐으며 형님이라 불린 당사자는… 핏기가 빠져나간 얼굴이 당황에 겨워 죽을 것 같았다.

실수였다. 언제나 형님이라 부르던 버릇 탓에 벌어진…….

"아! 장난이야, 장난. 보주도 앉아."

그제야 사람들의 모습이 제대로 돌아왔다.

그렇게 저마다 자리를 잡고 앉자 장년인, 은성이 포권을 취해 보였다.

"미천한 몸을 소교주께서 알아보아 주시니 몸 둘 바를 모르겠습니다."

자신이 은림보의 보주인 것을 알아본 것에 대한 인사였다. 그 말에 이환은 의문의 시선을 주었지만, 적하마도는 모른 척했다.

"그래, 상납하겠다고?"

거친 말투는 여전히 마음에 들지 않았다.

하지만 별수 없다.

생각이 말이 되어 나가는 과정에 놈이 끼어든다. 이걸 언젠가는 고쳐 내겠지만 아직은 아니다.

지금은 놈이 튀어나오지 못하게끔 만드는 것에 모든 노력을 쏟아붓고 있었으니까.

사실 말이 나왔으니 말이지만, 그가 갑자기 무공에 열심인 것도 사실은 그런 노력의 일환이었다.

힘을 찾다 • 183

처음이야 비급 속에 숨겨진 오의를 찾아내는 재미로 출발했다지만 지금처럼 쉬는 시간도 없이 자신을 몰아붙이는 이유는 스스로의 힘을 갖기 위해서였던 것이다.

그래야 위기의 순간이 와도 스스로의 힘으로 지켜 낼 수 있기에, 그래야 놈이 튀어나오지 못할 것이기 때문이었다.

가볍게 고개를 저어 상념을 털어 버리는 적하마도에게 은성이 답을 했다.

"그리 답할 수도 있겠군요."

겸연쩍게 웃는 은성의 얼굴엔 분명 자괴감이 깃들어 있었다.

"보아하니 좋아서 온 건 아닌 듯한데. 이유가 뭐야?"

날카로운 물음에도 불구하고 은성의 입가에 어린 웃음은 사라지지 않았다.

"거짓으로 상대할 수 없는 분이라 들었습니다. 하니 사실만을 말씀드리지요."

"……."

말없이 고개를 끄덕이는 적하마도에게 은성이 말을 이었다.

"공동이 세력권을 축소하고자 합니다."

"뭐?"

처음 듣는 소리다.

당연히 의아할 수밖에. 고개를 돌려 보니 이환도 놀란 표정이 역력했다.

"아직 발표가 된 것도, 움직임을 보인 것도 아닙니다. 하지만 조만간에 공동의 세력권이 축소되고 있다는 걸 세상이 알게 되겠지요. 저희처럼 기댈 곳을 새로 찾아야 하는 이들이 생길 테니까요."

"이유가 뭐지?"

아무리 백은 서원의 서원주가 주도권을 잡고 있다고는 해도 소교주의 의식은 머리 깊숙이 자리 잡고 있다.

그것이 자신의 눈빛에, 말투에, 행동에 영향을 준다.

그리고 소교주의 책무까지도.

적하마도의 물음에 은성이 천천히 설명을 이었다.

"백도는 적하장이, 마교… 송구합니다. 천마신교가 세력을 확장한다고 믿고 있습니다."

"어째서?"

"적하장이 주천 인근의 사파들을 귀속시키고 있기 때문입니다."

"상납금 받은 거 말이야?"

"돈만 받은 건 아니시니까요."

"그건 또 무슨 소리지?"

"무위도문의 일을 백도는 크게 받아들이는 것 같더군요."

은성의 말에 비로소 감을 잡을 수 있었다.

하지만 겨우 그거 가지고? 철혈부동이 어떤 사람인데 겨우 그걸로 위기를 느낀단 말인가?

"뭔가 더 있지?"

적하마도의 물음에 은성은 곁에 앉은 태상을 보았다.

사사로이는 은성의 아버지이자 사부이기도 한 노고수가 그 눈빛에 입을 열었다.

"그것에 대해선 제가 말씀을 드리지요."

좌수일검(左手一劍) 은휘.

한땐 섬서 제일고수라 불렸던 이다.

물론 자존심 상한 공동, 종남, 화산이 내놓은 고수들로 인해 순식간에 제일고수란 명예를 잃어야 했지만.

그런 그는 적하마도, 아니 백은 서원의 젊은 서원주가 존경하는 몇 안 되는 이들 중 한 명이었다.

그는 무인이면서도 약자를 배려할 줄 알고, 중도(中道)의 도리를 아는 인사였다.

그 좌수일검이 담담히 이야기를 풀어내기 시작했다.

"공동은… 앞장은 공동이 섰으나 이야기의 무게로 보아선 백도 전체가 나섰을 공산이 큽니다. 하니 이 이야기에선 공동이 아니라 백도를 주로 놓고 설명하지요."

"마음대로."

적하마도의 답에 작게 미소 지어 보인 좌수일검이 이야기를 이었다.

"아무래도 백도는 소교주께 모종의 사달이 벌어졌다고

믿는 모양입니다. 그게 신상의 문제인지, 아니면 백도를 도발하기 위한 사전 포석인지 궁금해합니다. 그래서 백도는 공동을 통해 한 가지 실험을 해 보고자 한 듯합니다."

"실험?"

"예, 공동이 세력권을 축소한다. 그렇게 배후를 잃은 이들을 적하장이 어떻게 대할 것인가 하는 부분입니다."

"내가 집어먹으면."

"세력 확장의 야욕이 있는 것이겠지요."

"머뭇거린다면?"

"신상에 문제가 생겼을 가능성이 높은 것일 테고요."

"그저 그것으로만 판별을 한다? 내가 그렇게 간단하고 우습게 보였단 말이지!"

대번에 살기가 터져 나온다. 뿌리 깊게 박힌 아집과 자부심은 그 영혼을 눌러 놓았음에도 순간순간 의지를 깨고 튀어나온다.

지금처럼…….

놀랐을 상대가 걱정되었으나 죄수일검은 미소를 잃지 않았다.

"두렵기 때문에 이렇게 복잡하게 일을 진행하는 것입니다. 더구나 공동은 모르는 듯했으나 백도맹은 공동을 희생시킬 각오까지 하는 모양이니까요."

"그건 또 무슨 소리야?"

"그들은 우리가 적하장에 투신하길 원했습니다. 그리고 이렇게 이야기를 사실대로 해 주길 원했지요."

"지들이 생각하는 바를 내게 다 불라고 했다고?"

"예, 적하장이 세력 확장의 야욕이 없다는 게 밝혀지면 백은을 공동의 영역으로 넣고 은림보도 다시 받아 준다는 약속을 걸고 그리하라더군요."

"한데 공동을 희생시킬 각오라는 건 또 무슨 소리야?"

"제 말을 듣고 무엇이 가장 먼저 떠오르셨습니까?"

솔직히 말하자면 무슨 짓들인가 싶었다. 애들도 아니고 티격태격…….

"그냥 한심하다는 생각."

"한심… 이요?"

"그래. 한심하잖아, 다 큰 어른들이."

적하마도의 답에 좌수일검과 은성의 눈이 마주쳤다 떨어졌다.

"저기… 정말 무슨 문제가 있으신 겁니까?"

좌수일검의 물음에 대한 반응은 적하마도가 아니라 이환에게서 먼저 터져 나왔다.

쾅-!

"이런 겁대가리를 상실한 새끼들! 다 죽여 주랴! 감히 뉘 앞에서 그런 망발을 지껄인단 말이냐!"

벌떡 일어선 이환이 활화산처럼 뿜어 대는 살기와 투기

가 방 안을 가득 채우고 좌수일검과 은성의 목을 죄었다.

그 강력한 기세에 눌려 단박에 사색이 되어 가는 좌수일검과 은성의 모습에 적하마도의 손이 허공을 휘저었다.

푸스스스.

마치 잔뜩 독이 올라 있던 독사가 똬리를 풀고 사라지듯 작은 소음을 남기고 이환의 살기와 투기가 힘없이 풀어졌다.

"소, 소교주님!"

놀라는 이환에게 적하마도가 작게 명했다.

"앉아."

"하, 하지만……"

"쯧, 자꾸 말시킬래?"

적하마도의 짜증에 이환은 서둘러 입을 다물고 자리에 앉았다.

그렇게 이환을 침묵시킨 적하마도의 시선이 다시금 신색을 회복해 가는 좌수일검에게 향했다.

"내게 왜 이상이 있다고 생각한 거지?"

"제가 아는 한, 또 백도가 아는 한, 이런 일을 알면 소교주께선 절대로 참지 않으실 겁니다. 방금 전의 사필귀도 이대협처럼 말입니다."

그제야 좌수일검의 말뜻을 알았다.

그리고 비로소 아까부터 가슴 저 밑바닥에서 부글거리는

힘을 찾다 • 189

감정의 정체도 알았고.

분노, 이 몸의 원래 주인인 놈이 좌수일검의 말처럼 분노하고 있는 것이다.

하지만 자신은 놈이 아니다.

그러니 이따위 웃기지도 않는 일에 분노할 생각 따윈 없었다. 자신에게 분노는 비명에 간 아내와 딸의 일을 기억하는 것만으로도 버겁고 힘겨웠다.

"그따위 일에 분노를 쏟아 낼 생각은 없어."

"예?"

반문은 좌수일검이 아니라 곁에 앉은 이환에게서 나왔다.

"뭐가 예야?"

"제깟 것들이 감히 소교주님을 상대로 장난을 치는 겁니다. 그런 놈들을 그냥 두시겠단 말씀이십니까?"

"뭐, 그 정도 장난쯤이야."

피식 웃어 보이는 적하마도를 보며 이환은 심각한 표정을 지었다.

자신도 모르는 사이 정말로 적하마도에게 문제가 생긴 것이 아닐까 하는 걱정이 든 탓이다.

그런 이환의 시선에 모른 척 고개를 돌린 적하마도가 좌수일검에게 물었다.

"공동이 밝혀도 좋다고 했다지만 이렇게까지 속속들이 말하라고 하지는 않았을 것 같은데."

"맞습니다."

"한데 왜 이렇게 다 까발리는 거지?"

"공동은, 아니 백도맹은 우리가 일을 마무리 지으면 다시 받아 준다고 약속했습니다."

"한데?"

"우린, 은림보는 작기는 해도, 박쥐는 아닙니다."

그 말을 하는 좌수일검의 눈빛은 뜨겁게 살아 있었다. 그것은 그의 곁에 앉아 있는 은성도 다르지 않았다.

피식-

웃음이 나왔다. 예전과 하나도 달라지지 않은 그들의 모습이, 자신의 존경을 받던 이들의 한결같은 모습이 가슴을 설레게 했다.

"좋아. 박쥐는 아니라는 거 인정하지. 그래서 뭘 원해?"

"은림보를 받아 주십시오."

"백도잖아. 우린 마도라고."

"백도, 마도, 사파, 가름은 사람이 했습니다. 하니 행동도 사람이 하는 법이지요."

"그 말은……?"

"우리가 떳떳하면 그곳이 백도이든, 마도이든, 사파이든 상관없다고 생각합니다."

"그쪽의 생각과 달리 그 이상을 무너트려야 할 일을 시킬 수도 있을 텐데."

힘을 찾다 • 191

"지금의 백도맹이 그렇다고 생각합니다. 그래서 사실을 다 말씀드리고 한 가지 약조를 받기를 원합니다."

"은림보의 이상을 지키게 해 달라는 것이겠지?"

금방이라도 찢어발기겠다고 달려들 것 같은 사나운 눈빛을 번쩍이는 적하마도를 바라보며 좌수일검은 크게 고개를 끄덕였다.

"그렇습니다."

좌수일검의 답에 적하마도는 다시금 웃었다.

"그 약조, 해 주지."

"소교주님!"

당황한 이환의 음성이 터져 나왔다.

이런 결정은 소교주가 홀로 내릴 수 없다.

지금의 약조를 들어 교주가 내린 명령을 은림보가 거부할 수 있게 되기 때문이다.

그런 것은 교에선 있을 수가 없다.

최악의 경우 그 모든 죄를 소교주가 받을 수도 있는 위험한 일이었던 것이다.

하지만 손을 들어 이환의 입을 막아 버린 적하마도는 계속 말을 이었다.

"대신, 신의는 지켜."

"단 하나를 제외하고는 목숨을 다해 지킬 것입니다."

"단 하나?"

"은림보가 적하장의 품에 들어왔음을 백도맹에 알릴 것입니다."

"그거야……."

"그 속에 한 가지가 더 첨부될 것입니다."

"그게 뭐지?"

"적하마도, 이전과 다름."

좌수일검의 답에 이환은 이를 악물고 도병을 잡아 갔고, 적하마도는 다시금 피식 웃었다.

"좋을 대로."

베어 버리라는 명령을 기다리던 이환은 휘청거렸고, 좌수일검과 은성은 놀란 눈빛이 역력했다.

"그게 무엇을 뜻하는지 아십니까?"

"물론."

"하면 말을 바꾸라는 조건이라도 거셔야 하는 것이 아닙니까?"

"거짓말 아니잖아? 거기다 이제 내 품에 들어온 새끼들한테 첫날부터 거짓부렁이나 씨불이라고 시킬 생각 따윈 추호도 없고. 내가 그렇게 형편없는 새끼로 보여?"

그 말 하나에 불만이 가득하던 이환의 얼굴이 풀어졌다.

자존심, 자부심! 그래, 이런 것이 적하마도다.

백도맹이 뭐라 생각하건 그게 무슨 상관인가. 아니면 그만이지.

무식하면 용감하고, 단순하면 생각이 편하다던가?

불만이 사라진 이환의 얼굴엔 어느새 자부심과 믿음이 가득해졌다.

그런 이환과 적하마도를 번갈아 바라보던 좌수일검의 입가로 짙은 미소가 깃들었다.

멋지지 않은가? 이것이 덧없는 겉멋일지라도 사내란 자고로 이래야 하는 것이거늘…….

그에 반해 자신들을 찾아와 모사를 획책하던 공동의 인사들은……. 참으로 아쉽고, 안타까운 일이었다.

그날, 은림보는 적하장의, 마교의 날개 밑으로 들어왔다.

보고를 받는 내내 적혈검마는 불만이 가득한 표정으로 태사의의 팔걸이를 손가락으로 두드리고 있었다.

"…로 인해 은림보는 이틀 전 백도맹에 공식적으로 본교의 휘하가 되었음을 통보하였습니다."

근 이각에 걸친 보고를 끝낸 군사에게 적혈검마가 물었다.

"석평아."

"예, 교주님."

"그 자식, 도대체 무슨 생각이라고 보냐?"

"우선 표면적으로는 체질 개선, 내적으로는 무언가 획책하는 일이 있으신 듯합니다."

"체질 개선? 그건 무슨 뚱딴지같은 소리냐?"

"지난달부터 적도대에 봉록이 지급되고 있습니다."

"뭐?"

"봉록… 월급 말입니다."

"아니, 그걸 왜?"

"그걸로 외부에서 밥 사 먹고, 술 먹고, 옷 사고, 무기도 산답니다."

물론 적도대원들이 가장 많이 지출하는 곳은 기루다. 언제나 그렇지만 계집질엔 돈이 많이 드는 법이니까.

"그럼 적하장에선 밥이랑 술은 안 줘?"

"예."

"저런 미친! 그건 다 이유가 있는 일이거늘. 자고로……."

교에서 밥과 술, 그리고 옷과 무기를 지급하는 것은 다 이유가 있는 것이다.

제아무리 고수도 밥을 먹을 때마다, 술을 마실 때마다 독이 들었는지 아닌지 신경 쓰면서 사는 것은 굉장히 피곤한 일이다. 뿐인가. 자칫 한 번의 실수로 떼죽음을 당할 수도 있다.

그런 일을 방지하기 위해 밥과 술을 교에서 제공하는 것이다. 옷과 무기도 마찬가지다.

옷을 만들기 위해선 필연적으로 몸에 손을 대야 한다. 치수를 재고, 제대로 만들어졌나 살펴보기 위해서도 그렇다.

그럴 때 상대가 고약한 마음이라도 먹는다면?

그날로 황천행인 것이다.

무기는 더하다. 무인에게 무기는 분신인 동시에 제이의 생명이니까.

한창 싸우다 무기가 속절없이 분질러졌다고 보자. 그땐 죽는 거 외엔 방법이 없다.

뭐, 도주?

그걸 하느니 죽는 게 낫다.

마치 눈앞에 적하마도가 있기라도 한 듯 한참 동안 펴부은 적혈검마에게 천석평이 담담하게 말했다.

"적하장엔 불필요한 인원이 너무 많았답니다."

"뭐?"

"뭔 무사들 집단에 시비가 그렇게 많냐고······."

"그야······."

무사들의 욕구를 풀어 주기 위함이다. 말이 시비지 그녀들은 교내 직속 기관인 환희루(歡喜樓)에서 훈련받은 기녀들이었다.

사실 적하마도가 그녀들을 돌려보낸 가장 큰 이유가 바로 그것에 있었다.

학사의 정신을 가진 그로서는 아무 곳에서나 치마 속으로 손을 집어넣고 시시덕거리는 적도대원들의 모습을 도저히 그냥 두고 볼 수는 없었던 것이다.

"소교주께선 그런 일은 사랑하는 이랑 해야 한답니다."

"뭐?"

"사랑… 이요. 뭐, 뒤에 정히 안 되겠거든 나가서 기녀랑 하라는 말이 딸려 왔긴 합니다만……."

"그 자식 정말 미친 거 아니야? 애들은 뭐라데? 불만이 이만저만이 아닐 텐데?"

"그게……."

기녀로 훈련받은 이들이 음식을 해 봐야 얼마나 잘하겠는가?

맨날 그 밥에 그 반찬에 질려 있던 적도대원들에겐 장원 밖의 음식은 산해진미나 다름없었다.

뿐인가?

겨우 서른 남짓한 시비들을 이백의 사내가 공동으로 품어 왔다.

찝찝한 건 둘째치고, 정말 욕구의 해결책 외에는 아무런 감정도 갖기 힘들었던 것이다.

한데 기루로 가니 이게 좀 달랐다.

환희루의 기녀들이 배운 것은 방중술이다. 화합할 때야 사내의 만족도를 최고로 올리겠지만 남자가 어디 그거 하나로 만족하나?

간드러지는 웃음, 줄 듯 말듯 밀고 당기는 맛이 있어야 하는데 환희루 기녀 출신의 시비들에겐 그런 것이 없었다.

하지만 시전 기루의 기녀들은 처음부터 방중술보다는 사내를 홀리는 쪽에 무게를 두는 이들이 많다.

당연히 폭 빠지는 무사들이 속출했던 것이다.

군사의 설명에 적혈검마의 눈매가 가늘어졌다.

"그러다 사고 나는 거 아니야?"

모든 문제의 근원은 여자라 믿는 교주의 불안감이 고개를 든 것이다.

물론 그 걱정이 전혀 근거가 없는 것이 아니라는 것엔 군사도 동의한다. 그래서 그 부분을 지적하는 서신도 보냈었다.

그리고 소교주에게서 단 한 줄짜리 답장이 도착한 것이 바로 어제였다.

"그래야 제대로 세상 사는 맛이 나지."

"뭐?"

"소교주님이 제게 보낸 답신입니다."

"그 자식 정말 미친 모양이다. 대호법 좀 불러라."

"대호법은 어이해서……?"

"기찰각(譏察閣)이 대호법 휘하니까 그렇지."

"교, 교주!"

"놀랄 거 없어. 아무리 내 제자라도 교의 근본을 흔들게

놔둘 수는 없는 일이야."

"하, 하지만……."

"살펴봐서 제정신인 거 같으면 더 두고 볼 테니까 엉뚱한 걱정은 하지 말고."

비로소 안도했지만 불안감이 모두 사라진 것은 아니었다. 최근 몇 달 동안 그에게 올라온 보고들을 참고하자면 소교주는 어쩌면 정말로 미쳤을 수도 있었으니까.

아무래도 교주보다 먼저 대호법을 만나 봐야겠다고 생각하는 천석평이었다.

제9장

산다는 것은

생검사도

　주천의 한 객잔에 자리를 잡은 대호법의 눈빛이 깊게 가라앉아 있었다.
　소교주의 더러운 성품을 알기에 주천엔 발도 들여놓고 싶지 않았다. 이번에도 그랬다. 죽인다고 날뛰는 교주의 퍼런 서슬만 아니었다면…….
　그렇게 들어선 주천이다. 어차피 소교주의 성품상 자신이 뒤를 캐고 있다는 걸 알면 당장 칼부터 휘두르고 볼 인사다.
　그러니 잘못될 땐 잘못되더라도 일만은 제대로 하고 싶었다. 그래야 이름이라도 남을 테니까.
　"좋아, 철저하게 파헤쳐 주겠어!"
　각오를 다진 대호법의 노회한 시선이 주천을 이 잡듯 뒤지기 시작했다.
 그리고 세 시진…….
 "벌써 열두 놈. 교의 무인이 장사치랑 시시덕거리다니!"
 뿐인가?
 그놈들과 먹은 밥값을 교의 무인이 냈다.
 마교에서 나고 자라 온 대호법으로서는 그것은 일어날 수도, 일어나서도 안 되는 일이었다.
 죽음과 공포를 철갑처럼 두르고 있어야 할 교의 무인으로서 어찌 그런 허술함을!
 "응? 저건 또 무슨 해괴한 짓인고!"
 적포에 적도, 거기다 보란 듯이 적하라 적힌 영웅건까지. 적도대가 분명할 무인이 뉘 집 계집인지 모를 여인의 뒤를 졸졸 따라가며 사정을 해 댄다.
 돌아서 고개를 젓는 여인에게 안기는 것은…….
 "꽃?"
 어이가 없어 입이 쩍 하니 벌어져 있던 대호법의 눈이 툭 불거졌다.
 놈이 여인에게 패물을 안기는 장면이 고스란히 시선에 들어온 것이다.
 한데…
 촤악-
 어느새 집 안에서 달려 나온 아낙에게 물벼락을 맞았다.

비로소 입가에 미소가 깃들었다. 저리 당하고도 참을 교의 무사는 아무도 없다.
곧바로 피가 낭자하고, 낭자하고, 낭자해야 하는데…….
아예 무릎을 꿇고 무언가를 사정하는 무인의 코앞에서 아낙은 계집을 끌고 들어가 버렸다.
두 발로, 멀쩡하게, 어디 긁힌 상처 하나 없이.
벌떡!
이건 더 이상 지켜봐야 할 이유가 없었다.
적하장은, 아니 적어도 적도대는 기강이 바닥까지 무너졌다. 교의 무인이 갖추어야 할 소양은 단 하나도 남아 있지 않았다.
씩씩거리는 대호법의 발걸음이 객잔 밖으로 향했다.
그렇게 대호법이 나간 자리를 살핀 점소이가 입구 쪽으로 달려왔다.
그걸 본 객잔 주인이 물었다.
"왜?"
"저 영감님이 돈을 안 냈어요."
점소이의 말에 이미 저만치 달려가서 적도대의 무사를 타박하고 있는 노인을 확인한 주인이 미소를 그렸다.
"보아하니 적하장의 손님이신 모양인데 그냥 둬라."
"하지만 두 냥이나 되는데요."
"적하장의 손님이라면 그 정도는 그냥도 드릴 수 있음이

산다는 것은 · 205

야. 하니 돼."

"예, 주인어른."

고개를 숙여 보이고 빈자리를 치우러 가는 점소이에게서 시선을 돌린 객잔의 주인은 어느새 적도대원을 끌고 적하장 쪽으로 가는 노인을 바라보며 희미하게 웃었다.

"내가 저들을 보고 기분 좋게 웃을 날이 올 줄이야……. 거참, 세상은 이래서 오래 살고 볼 일이라는 거겠지."

의미를 알 수 없는 객잔 주인의 말이 허공으로 흩어졌다.

기백이 빠질 대로 빠진 적도대원의 귀를 잡고 적하장으로 들이닥칠 때만 해도 기세가 등등했던 대호법은 적하마도와 마주치고는 고양이 앞의 쥐처럼 고분고분해졌다.

"그러니까, 제 말씀은……."

"영감 말은 다 알아들었어."

영감, 빌어먹을 인사가 듣기 좋은 대호법이란 직함은 어따 갖다 버렸는지 말끝마다 영감이다.

하긴 이 꼴을 당하기 싫어서 소교주를 피하는 수뇌들이 적지 않았다.

"하오시면 처벌을……."

"처벌? 무슨 처벌? 사내새끼가 계집 좋다고 쫓아다닌 게 벌받을 일이야?"

"그, 그거야……."

"왜? 영감도 어떤 빌어먹을 인사들처럼 여자는 강제로 취해야 제맛이라고 할 생각인 거야?"

당연하지. 여자는 반항도 하고, 꿈틀대는 맛이 있어야 하는 것이다.

한데 그렇게 답했다간 아무래도 살아서 돌아가긴 어려울 것 같은 눈빛으로 소교주가 노려보고 있었다.

이럴 때 자존심 지킨답시고 생각대로 답했다간 명년 이날이 제삿날이다. 이건 실제로 소교주가 실증해 보인 일이니까 반론의 여지가 없다.

다시 말해서 상대는 교의 원로라고 존중해 주는 인간이 아니란 것이다.

"그, 그럴 리가 있겠습니까? 짐승 새끼도 아니고 강제로라니요……."

"그럼 뭐가 문제라는 건데?"

"글쎄, 정신 나간 저 새끼가 그 계집에게 꽃을……."

대호법의 말이 끝나기도 전에 적하마도의 시선이 귀를 잡혀 들어온 적도대원에게 향했다.

"야- 꽃 안 사 줬어?"

"그게… 사 줬는데요."

슬쩍 대호법의 눈치를 보며 답하는 적도대원에게 적하마

산다는 것은 • 207

도가 물었다.

"그럼 패물은?"

"그것도……."

"그런데도 퇴짜를 맞았다는 거야?"

"그게 막 이야기를 하려는데 여자의 어머니가……."

적도대원의 말을 가로채며 대호법이 끼어들었다.

"제가 하려는 말이 바로 그겁니다. 마교의 무인이 어디서 덜떨어지게 물벼락이나……."

"물벼락을 맞았단 거야? 여자의 어미한테?"

"예."

"푸하하하!"

박장대소를 하는 소교주에게 대호법이 불퉁거렸다.

"소교주, 이게 웃기만 할 일이……."

"야, 철룡."

"예, 소교주."

"이제 반은 됐다."

"예?"

"네가 정말 싫으면 물벼락 같은 거 뿌리지도 않는다. 그냥 상대하지 않으면 그만이지."

"하면……?"

"조금 더 찍어 봐. 내가 볼 땐 여자가 흔들리는 걸 그 어미가 아는 거다. 그러니 네놈에게 주기 싫어서 강짜를 부리는 거고."

"싫으면 안 되는 거 아닙니까?"

"싫은 것과 안 되는 건 차이가 크다."

"그게 무슨 말씀이신지?"

고개를 갸웃거리는 적도대원 철룡에게 적하마도가 말을 이었다.

"주기 싫다는 것은 줄 경우를 생각해 보았다는 거다. 그러니 가능성이 있는 거지. 그리고 솔직히 나 같아도 우리한테 딸 주긴 싫겠다."

그 말엔 철룡도 고개를 끄덕였다.

소문이 나쁘기 때문이다. 약탈과 강간, 폭행을 예사로 행하던 이들이다.

요새 들어 소교주의 새로운 정책 덕에 조금씩 인식이 바뀌고는 있다지만 과거의 잔재를 털어 버리기엔 아직 시간이 모자랐다.

"그럼 계속할까요?"

"네가 정말로 그 여자가 좋다면야."

"그건 정말입니다."

투지를 불태우는 철룡에게 소교주가 고개를 끄덕여 주었다.

"그럼 계속해야지. 적도대가 실패할 경우는 죽을 때뿐이다."

"옙, 소교주!"

"좋아, 가 봐. 오전을 날려 먹었으니 오후엔 굴러야지."

"예, 빡세게 굴러 보겠습니다."

소교주에게 고개를 조아려 보인 철룡은 멍한 표정으로 서 있는 대호법에게도 꾸벅 인사를 건네고는 서둘러 연무장으로 향했다.

소교주의 말마따나 여자 꼬시느라 오전을 날려 먹었으니 오후엔 죽기 직전까지 굴러 볼 생각이었던 것이다.

그렇게 철룡이 물러가자 적하마도가 대호법을 불렀다.

"영감."

"예? 아, 예, 소교주."

"주천은 처음인가?"

"이 년 전에 잠시 일로 와 본 적이 있습니다."

"그래, 그럼 오랜만에 주천 구경이나 해 볼까."

"예?"

"뭐가 예야, 따라오라는 소리지."

소교주의 답에 대호법은 반쯤 넋이 나간 얼굴 그대로 뒤를 따라나섰다.

소교주는 아무 말도 없이 대호법을 달고 시전을 돌고, 객잔 거리, 주루 거리를 거쳐 적하장으로 돌아왔다

그러는 동안 소교주가 대호법에게 한 말은 적하장으로 들

어와서 '저녁에 보자.'는 말 한 마디뿐이었다.

하지만 그 말은 대호법의 귀에 잘 들어오지도 않았다. 그는 한 시진 전에 적하장을 나선 후에 겪었던 일들로 마구 헝클어진 머릿속을 정리하느라 정신이 없었기에.

처음이었다. 교에서 태어나 살아온 칠십 성상 중에 일반인들이 그렇게 반갑게 웃으며 다가온 것은. 그들은 자신을 삼두육비의 괴물이 아니라 사람으로 대했다.

한 장사치의 어린 딸은 자신에게 풀썩 안겨 으기도 했다. 그 모습에 장사치는 소스라치게 놀라는 게 아니라 허허거리며 웃기만 했다.

손에 잡힌 그 누구도 살려 보낸 적이 없다 해서 살귀혈주(殺鬼血主)라 불리던 자신의 품에 안긴 딸아이를 보면서 말이다.

놀라고 당황스러운 마음으로 내려다본 어린아이는 바라보는 것만으로도 오금이 저리다는 자신의 눈을 보며 까르르 웃었다. 그 아이가 남긴 감촉이 아직도 생생하게 손에, 가슴에 남아 있었다.

"당황… 하셨습니까?"

갑작스런 음성에 돌린 시선에 기철이 보였다.

"네놈……."

"당황스러우실 겁니다. 저도 그랬으니까요."

"무슨… 소리냐?"

"한 달 정도 되었습니다. 주천의 사람들이 선선하게 다가온 것이."
"이유가 뭐냐?"
"별거 없습니다. 대원들이 돈을 주고 밥을 사 먹고, 술을 사 먹고, 옷을 사고, 무기를 삽니다. 간혹 당과를 사 먹기도 하고, 그러다 주변에 있던 어린 녀석들한테 인심도 좀 쓰고……."
"어린 녀석들한테… 당과를 사 줬단 말이냐?"
"대호법… 아니 사부, 돈 써 본 적 있으십니까?"
정말 오랜만에 들어보는 호칭이었다. 사부, 사부라……
"네놈이 무슨 바람이 불어서……."
"보름쯤 전에 소교주께서 그러시더군요. 넌 부모가 있느냐고."
"그래서?"
"사부도 알다시피 제가 부모가 어디에 있습니까? 고아로 떠돌다 굶어 죽기 직전에 사부의 손에 이끌려 교에 들어왔는데."
"해서?"
"없다고 답했더니 '그럼 부모 대신은?'이라고 물으시더군요."
"부모 대신이라……."
"예, 근데 그때 누가 떠올랐는지 아십니까?"

"왜, 환희루의 루주인 요령(妖靈)이라도 떠오르데?"

대호법의 물음에 기철은 피식거리며 웃었다.

요령은 마교 무인들에겐 대모 같은 사람이다. 다친 마음을 쓰다듬고, 날카롭게 벼려진 마음을 감싸 안아 준 존재이기에…….

"그러게요. 왜 그땐 그녀가 떠오르지 않았을까요?"

"그럼 누가 떠오른 게냐?"

"사부요."

"뭐?"

"사부 말입니다."

"그 무슨 말도 안 되는……."

사부라고는 하나 정을 준 일이 없다.

욕을 하고 닦아 세울 줄만 알았지, 힘들어할 때 보듬어 주지도, 일취월장 실력이 늘어갈 때 장하다 말 한마디 해 준 적도 없었다.

마교의 사부들이, 마교의 제자들에게 그러하듯이 자신도 그렇게 독하게 키웠다.

한데…….

"사부, 그간 한 번도 말하지 못했습니다만… 고맙습니다."

"뭐, 뭐?"

"나 사실은 알고 있었습니다. 날 개 패듯이 팼던 주필이

산다는 것은 • 213

놈 사부를, 사부가 박살 내 놨던 거. 그때 내가 얼마나 감동했는지, 얼마나 든든했는지 모를 겁니다."

대호법도 기억이 났다.

빌어먹을 새끼가 겁도 없이 제 제자 놈을 팼다고, 자신의 제자를 피투성이로 만들어 놓았었다.

그때 욱하고 치받던 분노의 이유는 지금까지도 모른다.

여하간 그땐 정말 눈에 보이는 것이 없었다.

아무 말도 못하고 가만히 서 있는 대호법에게 기철이 말을 이었다.

"한데 기억은 하십니까?"

"또 뭘?"

"그때, 그 주필이 놈 사부 말입니다."

"그 새끼가 뭐?"

"사부의 상관이었습니다. 그때 사부가 호법원 제이 당주, 주필이 사부가 우호법이었죠."

그때서야 잊고 있던 기억이 떠올랐다.

그래, 그때까진 비무든 대련이든 단 한 번도 이겨 본 적이 없는 상대였다. 그런 이를 말 그대로 박살을 내 놨다. 그땐 그냥 가만두고 싶지 않았다.

그러고 보니 그 사건으로 자신에게도 기회가 생겼다. 다음 날 바로 우호법의 자리를 자신이 차지했으니까.

피식―

작게 웃는 대호법에게 기철이 말했다.

"사부, 우리가 모르고, 또 잊고 산 게 적지 않더군요. 밤에 소교주를 따라가 보십시오. 몰랐던 걸 더 알 수 있을 겁니다. 그리고 언제가 되더라도 돈… 꼭 써 보세요."

그 말을 남겨 둔 기철이 신형을 돌려 멀어져 가는 것을 대호법은 그저 지켜볼 뿐이었다. 대견한 눈으로……

우습게도 적하장을 살펴보러 와서는 객사에 틀어박혀 창가의 해가 지길 만을 기다렸다.

그리고 해가 졌다.

누가 부르지도 않았음에도 대호법은 연무장에 나와 서성거렸다.

"저녁때 보자고 해 놓고선 왜 안 나오는 거야?"

"누구 기다려?"

바로 곁에서 들려온 음성에 놀란 대호법이 펄쩍 뛰어 이 장이나 물러났다. 본능이었다. 기습을 가해 올 수 있는 상대에게서 멀어지려는…….

"영감, 개구리띠야? 잘 뛰네."

'말을 해도 참…….'

못마땅한 표정인 대호법을 바라보며 피식거린 소교주가 또 적하장 밖으로 향했다. 그 뒤를 대호법이 바짝 따라붙었다.

산다는 것은 • 215

"어딜… 가십니까?"

"세상 보러."

"세상… 이요?"

"그래."

그 말을 끝으로 입을 닫는 소교주의 뒤를 대호법은 그냥 입 다물고 따를 수밖에 없었다.

그렇게 일각 정도 어둠이 내려가는 길을 걸어 도착한 곳은 기루와 주루들이 늘어선 유곽이었다.

한데…….

"저, 저런!"

적포에 적도를 찬 이들이 수두룩하다.

어림잡아도 수십이 넘는 적도대원들이 기루나 주루 앞에서 흥정을 벌인다.

한데 그 흥정 내용이 웃겼다.

"그러니까 사흘이라니까."

"그거론 모자릅죠. 어제 다른 분들은 나흘을 해 주신다고 했다니까요."

"아, 거참… 나흘이면 우리도 남는 거 없단 말이야. 흥정이란 게 좀 남아야 하는 거 아니냐고."

"그래도 어쩔 수 없습니다. 정히 어려우시면 다른 곳으로…….”

"아아, 알았어. 자식이, 성질 급하긴…….”

"하하하, 그럼 하시는 겁니까?"
"좋아, 나흘! 대신 일인당 한 냥씩만 더 주라."
"대협!"
"야- 치사하게 한 냥 가지고 그럴래?"
눈을 부라리는 적도대원들의 말에 결국 흥정을 나섰던 주루의 총관이 고개를 끄덕였다.
"좋습니다. 한 냥 더 드리죠. 대신 이번뿐입니다."
"뭐, 그건 그때 가서……."
"하하! 참, 알겠습니다. 그럼 언제부터……?"
"묵혀서 좋은 건 술 빼고는 아무것도 없다."
"알겠습니다. 그럼 오늘부터 하시는 걸로 하고, 잘 부탁드립니다."
"걱정 마라."
그렇게 답한 적도대원들이 주루 입구에 버티고 섰다.
"저거… 뭐하는 거랍니까?"
"날품."
"나, 날품이요?"
"그래, 돈이 모자라니 어쩌겠어. 벌어야지."
"돈이… 모자라요?"
"당연하지. 그렇게 물 쓰듯 쓰는데 안 모자라면 이상한 거지."
"조금… 주시는 겁니까?"

"아니, 적지 않을걸."

"얼마나 주시기에……?"

"얼마라고 하면 알기는 해?"

소교주의 물음에 대호법은 답을 할 수가 없었다.

평생 돈이라고는 써 본 적이 없으니 가치를 알 리 만무했기 때문이다.

그렇게 입을 다무는 대호법에게 적하마도가 말을 이었다.

"열 달만 모아도 어지간한 초가 하나는 장만할 정도의 돈이야. 그만큼 받는 이들은 아마 찾기 어려울 거다."

"한데 왜 모자라는 것이온지?"

"언제 써 봤어야지. 써야 할 곳, 쓰지 말아야 할 곳도 구별 못하고, 어떻게 써야 하는지도 몰라. 그에 반해 쓰는 재미는 알았으니 엉망이 되는 거지."

"그렇다고 저리……."

"왜? 영감도 체면이니 명예니 그런 말을 할 생각인가?"

"교의 무사가 한낱 기루의 경비나 서다니, 있을 수 없는 일입니다."

대호법의 불만에 적하마도가 그를 지그시 바라보았다.

"돈을 버는 게 하찮게 보여? 대호법, 돈 좀 벌어 볼래? 약탈이나 강탈 말고, 스스로 말이야."

"그게 뭐 어렵겠습니까?"

"그럼, 벌어 와 봐."

"예?"

"벌어 와 보라고. 많이도 말고 금자 한 냥 어때?"

금자 한 냥이 얼마만큼의 가치를 지니는지는 모른다.

하지만 대호법이 마지막으로 약탈에 참가했던 십여 년 전쯤에 그가 들고 나온 궤짝엔 금자 삼만 냥짜리 전표가 열두 장이나 들어 있었다.

하니, 한 냥쯤 대충 뭘 해도 벌 수 있을 거라는 생각이 들었다.

"그걸 벌어 오면 저런 짓거리는 금지해 주실 것입니까?"

"당연하지. 대신 시간을 무한정 줄 수는 없어."

"그런 말도 안 되는 주장을 할 생각은 없습니다."

"하면?"

"오늘 밤 안으로 벌어 오지요."

"좋아, 그럼 대호법이 금자 한 냥을 벌어 올 동안 난 저 주루에서 기다리지."

방금 전 몇몇 적도대원들이 경비를 서기로 한 주루를 가리키는 적하마도에게 대호법이 고개를 크게 끄덕였다.

"알겠습니다. 잠시만 기다리시면 제가 곧바로 찾아뵙겠습니다."

"그러자고. 아! 노파심에 다시 말해 두지만 누구에게도 위해를 가하거나 위협을 해서는 안 돼. 만일 그랬다는 것이 밝혀지면 좋은 꼴 못 볼 거야."

산다는 것은 • 219

그 말을 던져두고 휘적휘적 주루로 걸어가는 적하마도에게서 입을 삐죽여 보인 대호법이 돈이 될 만한 일을 찾아 움직이기 시작했다.

 두 시진… 대호법이 어둠에 잠겨 가는 주천을 헤매고 다닌 시간이다.
 하지만 그는 아직 일자리조차 찾지 못했다.
 이유는 천차만별이었다. 나이가 많아서 안 되고, 힘없어 보여서 안 되고, 못된 말버릇 때문에 안 되고, 얼굴이 못생겨서 안 되고, 성질 더러워서 안 되고, 그냥 기분 나빠서 안 되고.
 안 되는 이유는 많은데 그를 쓸 이유는 단 하나도 나오지 않았다.
 이렇게 돈도 못 벌고 돌아가면… 체면은 둘째치고 당장 무능하다는 말을 들을 것이 뻔했다.

 천마신교의 대호법이 하룻밤에 금자 한 냥도 못 벌었다더라.

 그 말을 들으니 어디서 접시 물에 코 박고 죽는 게 더 나을 것 같았다. 결국 이를 악문 대호법이 찾은 곳은 유곽에 있는 한 기루였다.

"그러니까 영감님이 경비를 서시겠다고요?"
"그렇지. 내가 이래 뵈도 한 칼 한다고. 봐, 칼도 무지막지하게 크지?"
"하아~ 영감님, 칼 커서 싸움 잘하면 죄다 칼만 키우게요."
"정말이라니까. 나 칼 정말 잘 쓴다니까."
"칼을 잘 쓴다고요?"
"그래."
순간 이화루의 총관은 오늘 보조가 출근하지 않아 힘들어 죽겠다는 주방장의 불평이 떠올랐다.
"칼 정말 잘 쓰는 거 맞죠?"
"그렇다니까!"
"그럼 따라오세요."
"응? 경비는 여기서 서는 거 아니야?"
"경비 아니에요."
"그럼?"
"안 따라오고 거기서 말만 시키실 겁니까?"
안으로 들어가다 말고 돌아서 불퉁거리는 총관의 모습에 대호법은 얼른 안으로 따라 들어갔다.
"아니야, 간다고 가! 뭐 해? 어서 들어가지 않고."
대호법의 설레발에 고개를 내저으며 총관은 안쪽으로, 안쪽으로 들어갔다.

제10장

숨겨진 도발

 결론만 말하자면 대호법은 금자 한 냥 벌이에 실패했다. 주방 보조, 그것도 하룻밤 일에 금자 한 냥을 지급할 곳은 대명천지에 아무 곳도 없었으니까.
 물론 처음엔 왜 안 주냐며 떼를 쓰기도 했다. 한데 언제 금자 한 냥씩이나 주기로 한 적 있냐는 이화루 총관의 말에 대호법은 입을 다물 수밖에 없었다.
 돈을 벌어야 한다는 강박관념에 그만, 품삯에 대한 흥정을 까먹었던 것이 떠올랐던 것이다.
 결국 대호법이 소교주에게 가져간 돈은 은자 두 냥 반이었다. 철전으로 치면 스물닷 닢. 객잔에서 소면 스물다섯 그릇을 사 먹을 수 있는 돈이었다.

그 가치를 알아낸 대호법은 소교주에게 그 돈을 내놓으면서 아까워 죽을 것 같았다.
그 모습에 피식 웃은 적하마도가 주루의 총관을 불렀다.
"여기 얼마야?"
"술 두 병에 안주 하나… 은자 한 냥 반입니다요, 대협."
적하마도는 대호법이 벌어 온 돈에서 은자 한 냥 반을 총관에게 내주었다. 그리고 남은 돈을 대호법에게 돌려주었다.
"저… 주시는 겁니까?"
"영감이 벌어 온 돈이니까. 그나저나 잘 먹었어."
"예?"
"잘 먹었다고. 술값 영감이 계산했으니까."
"아!"
무슨 말인지 알아들은 순간 묘한 뿌듯함이 몰려들었다. 자신이 스스로 번 돈으로 소교주에게 술을 샀다.
그리고 소교주는 잘 먹었다고 자신에게 인사를 했다.
자신의 사부도 이겨 먹는 개차반의 대명사인 그 소교주가 말이다.
의미심장하게 웃으며 앞서는 소교주를 따라 주루를 나서면서 대호법이 중얼거렸다.
"더럽게 비싼 곳. 내 다시 오나 봐라."
그 말에 적하마도를 알아보고 절반이나 깎아 주었던 주루의 총관은 씁쓸하게 웃을 뿐이었다.

조금 있으면 여명에 들 만큼 늦은 시간이 되어서야 돌아온 적하마도는 대호법을 앞에 두고 앉았다.
"피곤하지 않아?"
"조금……."
말하다 말고 입을 닫았다.
저들끼리 피곤하다며 이야기하던 시비들에게 요령 피운다고 타박을 주던 때가 떠오른 탓이다.
그런 대호법에게 적하마도가 물었다.
"생각할 게 많지?"
"…이걸 원하셨던 겁니까?"
"원한 건 없어. 그냥 사람답게 사는 걸 보고 싶었을 뿐이지."
"사람… 답게요?"
"그래, 사람답게."
적하마도의 말에 대호법은 긴 시간 아무 말도 하지 못한 채 생각에 잠겨 있었다.
그런 그에게 적하마도가 작은 웃음을 보였다.
"가! 가서 자고, 내일 날이 밝으면 총타로 돌아가."
그 말에 무언가 할 말이 있는 듯 입을 달싹이던 대호법은 끝내 아무 말도 하지 못하고 객사로 힘없는 발걸음을 옮겼다.
 그렇게 대호법이 돌아가자 조용히 지켜보기만 하던 기철이 걱정스러운 음성으로 물었다.
 "괜찮을까요?"
 "왜, 걱정되냐?"
 "사부로서는 난생 처음 겪는 일들일 겁니다."
 "그러니 시간을 주는 거다. 스스로 생각해 볼 시간을."
 "하지만……."
 "새끼, 그래도 지 사부라고……. 그냥 둬. 네가, 이환이, 그리고 적도대원들이 겪었던 것을 영감도 겪는 것뿐이야. 네들이 잘 헤쳐 나갔듯이 영감도 그럴 것이고."
 "그럴까요?"
 "사부를 믿지 못하는 제자… 별로 아름답지 않다."
 자신의 말에 겸연쩍게 웃어 보인 기철이 물러가자 적하마도가 등받이에 몸을 묻었다.
 여명에 묻혀 가는 달빛을 바라보며 생각에 잠겼다.
 '나… 잘하고 있는 걸까?'
 애초엔 놈이 신앙처럼 믿는 것들이 잘못되었다는 것을 알려 주려는 생각에서 시작된 일이었다.
 하지만 그 와중에 새로운 세상을 접한 적하장의 무인들이 그의 생각 이상으로 변화하기 시작했다.
 문제는 그들을 모른 척할 수 없었다는 것이다.

이 몸이 기억하는 동질감에다 학사로서의 양심이 합쳐지자 어느새 그는 변화하는 적하장의 중심이 되어 버렸다.
놈을 깨우지 않기 위해 시작한 무공 수련도 진행 중인 데다 적하장의 변화까지 떠안게 되었다.
지금 자신은 무엇을 하고 있는 걸까? 순간순간 되돌아보고, 흠칫 놀라고는 한다.
비명에 간 아내와 딸아이의 복수도 아니고, 놈을 대신한 새로운 인생의 설계도 아니고, 지금 무얼 하는 걸까?
그 답은 아직 구해지지 않고 있었다.
"하아~"
여러 의미가 든 한숨이 소교주의 거처를 가득 채우고 있었다.

날이 밝고, 아침상을 받은 자리에 대호법이 함께했다.
그는 열심히 밥을 먹는 적하마도에게 폭탄 발언을 안겼다.
"뭐?"
"안 돌아갈까 합니다."
"영감!"
"변화… 지켜보고, 확인하고자 합니다. 가슴을 설레게 만든다는 거… 인정합니다. 하지만 그게 교의 무인들에게 독이 될지, 아니면 약이 될지 아직은 알지 못합니다. 그러니…

숨겨진 도발 • 229

머물며 지켜보아야겠습니다. 그리고 그동안 전 모든 수단과 방법을 동원해서 이게 총타로 번지는 것을 막을 것입니다."

그건 억지도 아니었고, 이쪽의 변화를 방해하겠다는 얕은 수도 아니었다. 대호법의 눈에 어린 것은 깊은 호기심과 진정한 걱정이었다.

그것이 적하마도의 반대를 막았다.

"교주… 사부가……."

말을 하다 입을 닫았다. 사부… 놈에게도 사부가 있다. 자신에게는 없는…….

천재. 백은 서원의 서원주는 어릴 적부터 천재라 불렸다. 누가 가르친 적도 없는데 천자문을 뗴었고, 불과 다섯의 나이에 사서삼경을 익혔다.

부모를 일찍 여의지 않았다면 아마 스승을 모셨을지도……. 하지만 불행히도 그는 사서삼경을 뗸 그해 부모를 역병으로 잃었다.

그리고 홀로 배우고, 홀로 익히며 살아온 나날이었다. 그렇게 누군가에게 배운다는 것을 모르고 지나간 시간이 십여 년이다.

열일곱, 진시의 장원을 하고 한림원의 학사가 된 이후로 그는 배우는 입장이 아니라 누군가를 가르치는 입장에 서 있었다.

그런 그가 사부를 입에 담았다. 그러자 알 수 없는 먹먹함이 가슴을 채운다.

'사부란… 이런 느낌이로구나.'

그것이 자신의 것이 아닐지라도 놓치고 싶지 않았다.

그럴 정도는 된다고 생각했다. 적어도 놈이 자신에게 벌인 짓을 생각하면 이 정도는 아무것도 아니라고…….

상념을 털어 낸 적하마도가 말을 이었다.

"…사부가 용납하지 않을걸."

"필요하다면 대호법에서 물러날 생각입니다."

자리, 마교에서 자리는 권력을 뜻하지 않는다.

그것은 존엄이며 자부심이다. 오로지 자신의 힘으로, 노력으로 이룬 자리기에.

대호법은 지금 그걸 내려놓겠다 말하고 있었다.

"아깝지 않겠어?"

"제겐 그런 자리보다 교가 더 중합니다."

이것이다. 알고 싶은 것이.

자신의 평생을 바쳐 얻은 자부심보다 중히 여기는 교. 그게 무엇인지 정말 궁금했다.

그래서 고개를 끄덕였다. 가까이서 지켜볼 또 한 사람이 생긴 셈이기에.

"뭐, 그렇게 원한다면야."

적하마도의 말에 대호법의 입가에 미소가 깃들었다.

"그리고······."

"또 뭐?"

"그 날품··· 저 계속 나가야 합니다."

"무슨 소리야?"

"열흘 동안 나오지 않으면 안 써 준다고 해서······."

약속?

아니다. 그보다 더 중요한 약속도 자신의 이해타산에 따라 수도 없이 어겨 온 이가 바로 대호법이다.

그러니 그따위 약속 때문에 나가겠다는 건 아니라는 것을 안다.

"마음대로."

생각보다 순순한 적하마도의 답에 대호법은 안도의 표정을 지었다.

그리고 그날 대호법의 소식을 발에 묶은 전서구가 총타로 향해 날아올랐다.

적혈검마의 표정이 영 좋지 못했다.

"도대체 그 자식이 뭘 꾸미는 거 같아?"

적혈검마의 불퉁거림에 군사가 조심스럽게 답을 했다.

"그걸 알기 위해 대호법이 머문다는 것이 아니겠습니까?"

"그게 자의인 건 확실한 거야?"

기찰을 보낸 것에 대한 반발로 소교주가 강제로 주저앉혔을 가능성을 말하는 것이다.

"그런 듯합니다."

"네가 그걸 어떻게 알아?"

"서신은 소교주가 아니라 대호법이 직접 보내왔습니다."

"그거야 시키면 어쩔 수 없는 거잖아."

말은 그렇게 해도 아니라는 걸 교주도 안다. 그럼에도 볼통거리는 것은 걱정되기 때문이다.

이랬거나 저랬거나 자신의 하나밖에 없는 제자 새끼니까.

"거참, 하나밖에 없는 제자 새끼가 더럽게 신경 쓰이게 만드네."

적혈검마의 말에 희미하게 웃어 보인 군사가 말을 이었다.

"일단은 지켜보시지요."

"지금은 별수 없겠지. 한데 백도 놈들은?"

"주천에 파견되는 세작들의 수가 급속도로 늘어나고 있긴 합니다만 그 외에는 아직 별다른 움직임이 없습니다."

"그 자식들은 금세 뭔가 벌일 것 같더니 왜 그렇게 주춤거리는 거야?"

"소교주님에 대한 결정이 아직 제대로 내려지지 못한 모양입니다."

"일전에 은림본가 뭔가가 합류하면서 이상 있다고 소식을 보냈다면서?"

"그렇긴 합니다만 그래 봐야 하나 아니겠습니까? 그 하나를 믿고 움직이기엔 소교주님이 가진 의미가 너무 크지요."

하긴 백도맹의 안방까지 쳐들어가 백도 제일인인 철혈부동이 두 눈 버젓이 뜨고 있는 앞에서 장로 넷을 쳐 죽이고서도 멀쩡히 제 발로 걸어 나온 인간이다.

솔직히 그건 마도 제일인이라 불리는 적혈검마, 자신이라도 불가능한 일이었다.

그러니 그런 인간을 건드리자면 백도로서도 확신에 확신이 없고서는 불가능할 터였다.

"그렇다고 안일하게 굴지 마. 뒤통수 까는 덴 일가견이 있는 새끼들이 백도맹 놈들이니까."

"유념하고 있습니다."

군사의 답에 고개를 주억거리던 적혈검마가 본론을 기억해 내곤 짜증 어린 얼굴로 물었다.

"그래서… 대호법은 어찌해야 한다는 거야?"

"지금으로서는 허락을 하시는 수밖에는……."

"빌어먹을 자식, 속 꽤나 썩이네. 그렇게 처리해. 그리고 대호법이 처리해야 할 일들은……."

"좌호법에게 대행을 명해 두겠습니다."

군사의 답에 적혈검마의 표정이 대번에 밝아졌다.

"그, 그렇지. 그 자식이 있었지! 좋아, 그건 그렇게 해."
"예, 교주님."
그렇게 마교에선 적하장의 일이 일단 마무리되었다.
하지만 백도맹에선 적하장을 향한 일이 이제 시작되고 있었다.

무거운 표정의 진천명이 지켜보는 가운데 맹주인 그도 모르게 소집된 구파일방, 오대세가의 수장들이 합의했다는 결정문을 제갈향이 낭독하고 있었다.
"…고로 백도맹은 즉시 적하장을 멸할 것을 요구한다."
결연한 표정으로 결정문을 접어 드는 제갈향을 바라보던 진천명의 입가로 어이없는 웃음이 흘러나왔다.
"요구라……."
"표현이 과하긴 하나 그만큼 결연한 의지가 깃들었다고 이해하여 주십시오, 맹주님."
"결연이라……. 그렇겠지. 이 진천명이를 허수아비로 만들어 낼 정도니 결연… 해야겠지."
생각보다 높은 수위의 반발에 제갈향은 당황한 표정이었다.
"매, 맹주님!"
"놀라기는, 그럼 이 정도 반발도 없을 줄 알았던가?"
아니, 예상은 했다. 하지만 이 정도의 직접적인 언사는 고

숨겨진 도발

려되지 않았다. 그저 재고해 보라는 권유 정도의 반발만이 예상되었던 것이다.

한데 맹주는 그것으로도 성이 차지 않았던 모양이었다.

"어차피 허수아비가 되었으니, 나 빼놓고 그대들끼리 처리해 보게."

그 말을 두고 일어서는 진천명을 제갈향의 음성이 잡았다.

"그, 그것이 무슨 말씀이십니까?"

"어차피 내 결정은 필요 없는 것이 아니냐 묻는 것이네. 설마 이 진천명이를 구파일방과 오대세가의 결정이 나면 나가서 싸우는 졸로 본 것은 아닐 게 아닌가, 그 말일세."

이전보다 훨씬 강한 반발을 두고 나서는 진천명을 제갈향은 잡지 못했다.

그렇게 진천명이 떠나간 대전으로 초로의 노인이 들어섰다.

"가주를 뵈옵니다."

고개를 조아리는 제갈향에게 초로인, 제갈세가주가 담담한 음성으로 물었다.

"놀랐더냐?"

"예상보다 강한 반발이기에……."

"그 정도 반발도 없다면 그가 어찌 백도 제일인이라 불리겠느냐."

"하오나 그가 없이는 대계를 시작할 수 없음입니다."

"그리 생각하느냐?"

눈웃음을 단 가주의 물음에 제갈향의 눈매가 가늘어졌다.

그가 아는 한 가주가 눈웃음을 달 경우엔 확신이나 자신이 있을 때뿐이었기 때문이다.

"설득할 명분이 있는 것입니까?"

제갈향의 물음에 가주의 고개가 저어졌다. 그에 제갈향은 묻지 않을 수 없었다.

"하오면……?"

"마교에 신인이 둘인 것이 항상 부담이 되었었다."

"서, 설마……!"

"무당의 대장로께서 벽을 허무셨다."

무당의 대장로면 태극진검(太極進劍)이다. 무당의 제일고수이자, 태극혜검(太極慧劍)의 당대 전수자였다.

"하, 하면?"

"그분이 주천으로 이동할 것이다."

"호, 홀로 말입니까?"

"무당의 진무칠검(眞武七劍)과 남궁세가의 제왕무적검대(帝王無敵劍隊)가 따를 것이다."

화산을 제외하면 가장 강력한 검수들을 보유한 두 곳이 최고의 고수들을 내놓은 셈이다.

"제왕무적검대면… 혹시 창천멸검(蒼天滅劍)께서도……?"

"신경 쓰이는 이들 몇을 맡아 주실 게다."

그렇다면 이건 전격전이다.

그것도 초전에 마교의 중원 분타인 적하장을 박살 내겠다는 의지가 가득한.

"하, 하오면 소질은 무엇을 하올지?"

"백도맹의 무인들을 동원하여 시야를 흐려 주어야겠다."

"성동격서(聲東擊西)입니까?"

"주천이 정리될 때까지 천산은 몰라야 할 테니."

가주의 말에 제갈향의 고개가 숙여졌다.

"완벽하게 처리해 보이겠습니다."

"그래야 할 게다. 그것에 주천에서 벌일 일의 성패가 달렸음이니."

"명심하겠습니다."

제갈향의 다짐에 가주가 슬쩍 물었다.

"맹주의 재가가 문제가 되진 않고?"

"우리 쪽 사람들로만 움직여도 충분할 것이니 걱정하시는 일은 일어나지 않을 것입니다."

그 말에 고개를 주억거리는 가주의 입가엔 만족스런 미소가 걸려 있었다.

"네가 자리를 잘 잡은 듯하여 내 마음이 좋구나."

"감사합니다."

그렇게 허리를 굽힌 제갈향의 어깨를 두드려 준 가주가

천천히 사자전을 벗어나고 있었다.

 자신의 거처 창가에서 사자전을 벗어나는 제갈세가주를 바라보는 진천명의 눈빛은 차갑게 가라앉아 있었다.
 "범을 잡자고 여우들이 모인다……. 결국은 늑대들 중에 누군가 범의 목에 방울을 달 능력을 가진 자가 나타났다는 소리로군."
 생각이 그에 이르자 두 사람의 얼굴이 제일 먼저 떠올랐다. 우연치고는 고약하게도 둘 다 도관을 쓴다. 거기다 검을 쓰는 것도 같고.
 "허허, 매화냐, 태극이냐. 누구인지 궁금하군."
 하지만 진천명이 정말로 궁금한 것은 적하마도, 그 애송이 녀석의 대응이었다.
 '자- 이제 무엇을 보여 주겠느냐?'
 작은 흥분과 옅은 기대가 그렇게 진천명의 가슴을 태우고 있었다.

 마교의 정보력은 청해와 신강에 집중되어 있었다. 이유는 그 두 지역이 마교의 권역이기 때문이다.
 물론 삼 년 전에 적하장이 섬서로 진출하며 일부 인원을

돌려 섬서 일대의 정보를 취합하고는 있었지만 그것도 주천 인근에만 국한되어 있었다.

중원 전역을 관찰하기엔 인원이 적기도 했지만, 백도와 사파의 정보 통제가 꽤나 잘 이루어지고 있는 이유가 컸다.

그런 연유로 일단의 백도맹 인원이 분주히 움직이는 것은 오히려 적하장에 전달되지 않았다.

대신 주천으로 급속도로 접근하는 일단의 무인들이 우연하게, 정말 우연하게 섬서로 파견되었던 밀영(密影)의 눈에 띄었다.

"제왕무적검대?"

"예, 소교주님. 밀영의 보고로는 속도와 방향으로 보았을 때 앞으로 이틀 이내에 주천에 도착할 가능성이 높답니다."

"그놈들이 왜 오는 거지?"

"전 은림보의 사람들이 했던 말이 걸립니다."

이환의 말에 적하마도의 표정이 굳었다.

"그럼······."

"시작되는 것일 수도 있습니다."

시험이 시작되는 것이다. 적하마도의 신변에 이상이 생겼다는··· 그걸 시험하고 사실로 드러나면 그들은 두말없이 물어뜯고자 달려들 것이다.

"꿀꺽!"

난데없는 소리에 고개를 돌리니 잔뜩 긴장한 기철이 보

였다.
"왜?"
"아직… 검술은 완성 단계가 아니십니다."
 그랬다. 간간이 기철을 누르고는 있었지만 그가 도를 들었을 때처럼 압도하진 못한다.
 그런 상태에서 철혈부동과 부딪친다면…….
 생각만으로도 끔찍했던지 잠시 부르르 떤 기철이 조심스럽게 말했다.
"이젠 장난을 그만 접으시고 도를 잡으시는 것이……."
 장난이라는 말에 파랗게 불타오르는 소교주의 눈빛과 마주친 기철의 목이 움츠러들었다.
 그런 그에게 적하마도의 싸늘한 음성이 던져졌다.
"난, 단 한 번도 장난인 적 없었다."
 사실이다. 주도권을 빼앗기지 않기 위해 필사적으로 노력했었으니까.
"소, 속하가 실언을……."
 곧바로 고개를 숙이는 기철에게서 시선을 돌린 적하마도가 이환에게 명했다.
"애들 불러들여. 괜히 밖에 있다 각개격파당하지 말고."
"예."
 복명하자마자 움직이는 이환을 확인한 적하마도가 눈치를 보던 기철에게도 명을 내렸다.

"네 사부도 불러들여. 이미 놈들은 영감의 존재를 인지하고 있을 거다. 괜히 일이 벌어지기도 전에 피 보지 말고."

상대가 정보를 쥐고 있는 이상 그 피가 상대의 것일 확률은 극히 낮았다. 적하마도는 그걸 걱정하는 것이었다.

"아, 알겠습니다."

놀란 기철마저 뛰쳐나간 거처에서 적하마도가 그간 손도 대지 않았던 도를 집어 들었다.

"아직은… 아직은 다시 죽고 싶지 않아……."

절박한 독백이 적하마도의 거처에 내려앉았다.

제11장
심득(心得)이란

 태극진검은 체질적으로 모험을 그리 좋아하지 않는다. 해서 그는 이번의 행사가 마음에 들지 않았다.
 솔직히 사건의 발단조차 불편했다.

'장문인, 요사이 못 보던 것들이 보입니다.'

 자신이 한 말은 그것뿐이었다. 한데 그것이 어떻게 경지의 벽을 허문 증거가 되는지 그는 도무지 이해할 수가 없었다.
 솔직히 정말로 경지의 벽을 허물었다면 자신도 쌍수를 들어 환영할 일이다.

하지만 아니라면?

그를 믿고 움직이는 이들의 목숨은 누가 구한단 말인가?

사실 처음부터 이렇게 믿음이 약했던 것은 아니었다. 어쩌면 정말 자신이 경지를 뛰어넘었을지도 모른다고 생각할 만큼 정말 보지 못했던 것들을 보기 시작했으니까.

한데 출발 직후 만난 창천멸검은 환하게 웃으며 말했었다.

'벽을 뛰어넘으셨다더니 구별할 수가 없군요. 역시 하수는 고수의 척도를 잴 수는 없는 모양입니다.'

모르는 사람이 들으면 일부러 기세를 감추는 탓이라 말하겠지만, 태극진검은 기세를 갈무리한 적이 없었다.

일말의 불안감을 창천멸검의 평가로 털어 버리기 위해 오히려 그대로 드러냈으니까.

그때부터였다. 자신감이 사라진 것은…….

그래서 누구에게도 알리지 않고 홀로 움직였다. 적어도 자신의 오판으로 수많은 이들의 목숨을 헛되이 버려선 안 된다는 일념으로.

그렇게 들어선 주천은 역동적이었다.

이 작은 도시가 어떻게 이렇게 활력을 가질 수 있을까 의아할 정도로 도시는 활기차게 움직였다.

그 속에서 그는 조금 이상한 광경을 봤다.

적포에 적도, 적하라 수놓아진 영웅건이 아닐지라도 적도대가 분명할 그들을 주천의 사람들이 웃고 떠들며 반겼다.

순찰, 내지는 정찰이 분명할 그들은 자신에게 신경을 쓰지 못할 정도로 많은 이들에게 걱정과 안부의 인사를 듣고 있었다.

임무의 완성도로 보면 그들은 절대로 그가 아는 적도대의 모습이 아니었다.

적포가 내려서고, 적도가 허공을 수놓으면 피가 내가 되어 흐른다.

마치 시구(詩句) 같은 이 말은 전장에서의 적도대를 단편적으로 표현한다.

그런 적도대가 임무는 뒷전으로 밀어 두고 사람들과 어울려 웃고 떠드느라 정신이 없다. 자신의 눈으로 보면서도 믿을 수 없는 광경이었다.

그렇게 순찰을 도는 적도대원들이 시내 안쪽으로 이동하자 태극진검이 사람들에게 다가섰다.

"무량수불, 말씀 좀 물읍시다."

도사의 등장에 사람들은 꽤나 신기한 모양이었다.

"예, 도사님. 무엇이 궁금하신데요?"

"저기 지나간 도우들을 보아하니 마교의 무인들 같은데……?"

"마교라… 맞습죠. 적하장이 마교의 중원 분타라 하였으니."

"한데 어찌 그리 반갑게 맞으시는지……? 빈도는 저들이 누군가에게 그리 환영을 받는 모습은 처음인지라 궁금하여 이리 여쭙니다."

"아~ 아, 뭐, 그러실 겁니다. 저희들도 가끔 볼을 꼬집어 보고는 하니, 외부 사람들이 놀라는 건 당연합죠."

"그러게 말입니다 빈도도 볼을 꼬집어 볼 뻔하였지 뭡니까?"

태극진검의 너스레에 마을 사람들이 작게 웃었다.

"하하하! 예, 믿기 어렵지요. 하지만 조금만 있어 보시면 이리된 이유를 금세 아시게 될 겁니다."

"빈도가 오랜 시간 머물 입장이 아닌지라… 이유를 들을 수는 없겠는지요."

도사들은 말에도 힘이 있다 하여 사근거리지 않는다. 언령(言令)을 수행하는 근본이 평소의 말에 있다 믿기 때문이다.

한데 눈앞의 도사는 인근 산사의 스님처럼 폭신폭신 부드럽게 말을 잘한다. 그 까닭에 사람들은 답하는 걸 주저하지 않았다.

"저들이 우리를 대하는 걸 보셨습니까?"
"보았습니다만……."
"친해 보이죠?"
"그렇더군요."
"그럴 수밖에요. 저 얼굴 검은 친구는 집 기둥이 기울어 가는데도 돈이 없어 엄두를 내지 못하던 차에 저들이 나서서 함께 집을 고쳤습죠. 이쪽 입가에 사마귀가 있는 친구는 의원도 치료를 포기한 딸아이의 다리를 저들이 고쳐 주었고요. 저는 고리사채를 써서 마누라를 빼앗길 처지였습니다만……."
"저들이 나서서 그들을 내쫓았군요."
 도사의 물음에 답을 해 주던 사내가 빙긋이 웃었다.
"아닙니다."
"아니… 라구요?"
"예, 저들이 돈을 모아 그 빚을 갚아 주었습죠. 물론 공짜는 아닙니다. 돈을 벌어 갚아야 하죠. 이자도 있고. 하지만 전에 쓰던 고리에 비하면 그건 아무것도 아닙죠."
 그 사내의 말이 끝나기 무섭게 다른 사람이 소리쳤다.
"나도, 나도 그랬답니다! 좋은 사람들이에요. 여기저기서 일을 해서 번 돈으로 우리 같은 사람들을 돕는 사람들입니다!"
 솔직히 말하면 그렇게 번 돈의 일부만이 그리 쓰였다. 그것도 적도대원들 전부가 하는 일도 아니다.

 몇몇 어린 나이에 부모의 손에 팔려 왔던 이들이 돈이 생기자 그 어린 시절의 기억 때문에 자신의 부모들과 같은 처지에 처한 이들을 돕고 나섰던 것뿐이다.

 하지만 도움을 받은 이들의 입장에서는 그런 것이 아니었다.

 그리고 그 일은 여전히 진행형이었고, 더구나 확장 중이었다.

 무슨 말인고 하니, 적도대 사이에서 많지는 않지만 그렇게도 돈을 벌 수 있다는 소문이 나면서 사람들에게 돈을 빌려 주는 적도대원들이 늘어나고 있었던 것이다.

 그들에겐 얼마나 더 벌 수 있느냐보다는 벌 수 있다는 명제가 더 신기했기 때문이다.

 그렇게 빚에 치이는 이들이 여유를 갖자 주천의 경제 활동이 늘었다.

 큰 비중은 아니었지만 그렇게 살아난 경제력이 소비량을 늘렸던 것이다.

 거기다 적도대원들이 밥을 사 먹느라, 술을 사 먹느라 주천에 푸는 돈이 적지 않았다.

 한데 웃긴 건 이 돈이 객잔과 주루에만 풀린 게 아니라는 점이다.

 자신들을 도운 이들에게 밥 한 끼 대접하고 싶었던 이들이 적도대원에게 밥을 해 먹였다.

 아는 사람은 알겠지만 객잔에서 사 먹는 음식과 집 밥은 꽤나 많이 다른 법이다.

 더구나 주천의 사람들을 돕고 나섰던 이들은 어린 시절을 기억하던 이들.

 추억 속의 아련한 집 밥 맛을 다시 보았으니 그 느낌이 어떠했을지는 여러 설명이 필요치 않을 터였다.

 그들이 자신에게 밥을 해 먹인 주천 사람들에게 돈을 줄 테니 밥을 해 줄 수 있느냐고 물었고, 답은 뻔했다.

 그렇게 밥값이, 또 한두 잔 올라오는 반주에 술값이 주천 사람들에게 퍼졌다.

 웃긴 건 그들이 집 밥 맛을 동료들에게 떠들어 댔다는 것이다.

 기억을 못하는 이들이나 아예 마교에서 나고 자란 이들은 그게 뭔지 궁금했다.

 그래서 부탁했다. 돈을 줄 테니 밥을 해 줄 수 있냐고.

 문제는 그들은 몰랐다는 것이다. 누구에게 부탁해야 하는지를……. 결국 길가다 처음 보는 사람들, 주로 아낙들에게 부탁했고. 궁핍한 이들이 많았던 주천의 사람들은 돈이 생기는 일을 마다하지 않았다.

 저마다 나서서 떠들어 대는 마을 사람들의 말을 통해 그 이야기를 다 들은 태극진검이 조심스럽게 물었다.

심득(心得)이란 • 251

"그럼 저들이 어리숙해서 실수로 돕고 있다는 소립니까?"

"처음엔 그랬습죠. 하지만 지금은 아닙니다."

"그게… 무슨 소리신지……?"

"하도 제 몫을 잘 못 지키는 것 같아서 몇몇 사람들이 친한 이들에게 넌지시 귀띔을 했습죠. 그보다 독하게 하면 더 많은 돈을 벌 수도 있고, 더 싸게 객잔에서 먹을 수 있다고 말이죠."

"하면 많은 이들이 떨어져 나갔겠군요."

태극진검의 물음에 답을 해 주던 사내의 고개가 저어졌다.

"아니요. 알고 있었답니다."

"예?"

"하루 이틀도 아니고 자신들이 바보도 아닌데 몰랐겠냐고 하더군요. 그래서 알면서 왜 그러냐고 물었습죠."

"그랬더니 뭐라 하더이까?"

"그게 사람처럼 사는 거다."

"예?"

의아한 얼굴로 묻는 태극진검에게 사내가 답을 이었다.

"그렇게 말씀하셨다더군요."

"누가 말입니까?"

"소교주께서요."

"소교주… 저, 적하마도!"

경악하는 태극진검에게 사내가 웃는 낯으로 고개를 끄덕였다.

"강호 사람들에겐 그렇게 불린다고 들었습니다."
"한데 분타주나 장원주가 아니라 소… 교주라 부르십니까?"
"아! 요새 저희 주천에 천마신교의 교도들이 늘고 있거든요."
"예~에!"

너무 놀라다 보니 비명 같은 경악성이 태극진검의 입에서 터져 나왔다.

하지만 답을 하던 사내도, 인근에 모여 있던 다른 주천 사람들도 기분 나빠하는 얼굴은 아니었다.

"놀랍죠? 저희도 놀라는 일이기는 합니다. 그래도 그렇게 늘어난 교도들을 저들이 지극정성으로 돌봅니다. 거기다 보름 정도 후엔 그런 교도들을 상대로 제자도 뽑는다던데요."
"제, 제자요!"

소속 무인들이 중원에서 발견한 고아들을 데려오거나 부모의 손에 팔려 나온 아이들을 사다가 제자로 삼는 마교의 전통상 있을 없는 일이었다.

왜냐고?

마교의 무인들은 집이 마교고, 고향이 마교이며, 부모가 마교이기 때문이다.

 한데 버젓이 부모가 살아 있는, 집과 고향이 있는 이들을 제자로 받는다면?

 마교 무인들의 전통성이 무너진다. 그 치열한 삶의 방식과 교 하나만을 위해 목숨도 초개와 같이 버릴 수 있는 극렬함도 깨질 것이다.

 지켜야 할 것이 많은 이들은 생각도 많아지는 법이기에.

 그래서 확인이 필요했다. 그건 헛소문일 가능성이 높았기에.

 "저기… 그럼 요새 교도가 되신 분을 한 분 소개해 주실 수 있으신지……?"

 "말씀하세요. 저도 열흘 전쯤에 교도가 되었거든요."

 여태 이것저것 제일 많이 설명해 주던 사내의 말에 태극진검은 놀란 눈을 감추지 못했다.

 "처, 천마신교의 교도란 말씀이십니까?"

 "예, 뭐, 아직은 교리도 제대로 모르지만 그렇습죠."

 겸연쩍게 웃으며 뒷머리를 긁적이는 산내의 모습에 태극진검이 설마 하는 눈빛으로 사람들을 둘러보며 물었다.

 "그, 그럼… 이곳에 모여 있으신 분들이 전부……?"

 "아! 아니에요. 저랑 저 친구만 교도죠. 별로 좋을 거 없다면서 다시 생각하라던 걸요. 그래서 교도들이 늘어나는 속도가 좀 느립죠. 워낙 말려 대니까요."

"마, 말려요? 저들이?"

"예, 무식하게 부려만 먹는다고……. 하하하, 어찌나 말리던지. 그래서 처음엔 겁도 많이 나고 했는데 되고 나니까 별거 없던데요. 천마경이란 경전 하나 던져 주고 알아서 읽고 그대로 행하라고……. 근데 제가 까막눈이라서요. 그걸 말씀드렸더니 며칠 전부터는 소교주께서 그런 이들을 모아 놓고 글을 가르치고 계시죠. 우리 아들놈도 그 덕에 글을 배우고… 출세했습죠."

이 시대에 글은 있는 자들의 전유물이다. 조금 산다는 장사치들도 글을 모르는 이들이 적지 않은 시대였던 것이다.

한데 그런 이들에게 글을 가르친다?

의식이 깨어 있는 학사들이라면 모를까, 배운 건 어떻게 하면 효과적으로 상대를 죽일까 뿐인 마교의 두인들이, 그것도 그런 마교의 무인들 중 가장 개차반이라는 적하마도 그 작자가?

태극진검은 자신이 그에 대해 뭔가 오해를 하고 있었던 것은 아닌지 심각하게 고민해 보기 시작했다.

'아니, 아니다. 이들은 종교가 없는 이들일 수도 있다. 그러니 천마신교, 그 더러운 종교에도 거부감이 없을 수도……!'

생각이 그에 이른 태극진검이 넌지시 물었다.

"혹시 다른 종교를 가지신 분이……?"

"흠… 여기 사마귀 있는 친구는 독실한 불교 신자고, 아! 동이 아범, 자넨 도교 신자 아니었나?"

"왜 아니야? 그래서 내 이렇게 우리 도사님 목 좀 축이시라고 시원한 우롱차를 내오지 않았나. 여기 이거, 별거 아닙니다만 쭈욱 드시지요."

큰 사발에 내온 차를 받으며 태극진검은 멍한 표정을 감추지 못했다.

그렇게 마을 사람들이 흩어진 후에도 태극진검은 그 자리를 떠나지 못하고 한참 동안이나 고심에 빠져 있었다.

그리고 고개를 든 그의 발걸음은 적하장으로 향했다.

요사이 조금 더 깊게 파고들던 제검비에서 시선을 든 적하마도가 물었다.

"누가 와?"

"태극진검… 무당의 대장로가 홀로 찾아와 소교주님을 뵙길 청합니다."

답한 이환을 한참 동안 바라보던 적하마도가 피식 웃었다.

"새끼, 장난은……."

이내 다시 시선을 제검비의 비급으로 옮기는 적하마도의

고개를 이환의 음성이 잡았다.
"저도 처음엔 정신 나간 사이비 도사쯤으로 생각했는데……."
"했는데?"
"지금 기철이 의원으로 실려 갔습니다."
자신의 말에 미간을 찌푸리는 적하마도에게 이환이 서둘러 설명을 이었다.
"증명해 보이라고 기철이 무작정 달려든 까닭에……."
"해서 당했다?"
"처음엔 가볍게 제압했는데 기철이 열이 받아서는……."
더 안 들어도 이후의 상황이 눈에 보이는 것 같았다. 기철의 성격상 절대로 백도인에게 지고는 못 살 테니까.
"많이 상했냐?"
"그… 태극진검의 말로는 한 사나흘 내상만 다스리면 될 거라고……."
"멍청한 놈!"
그게 기철을 향한 것이라는 걸 알아들은 이환이 조심스럽게 물었다.
"하면 태극진검은 어찌 하올지……?"
"데려와."
"예, 소교주님. 그리고……."
"뭐?"

"순찰 도는 애들까지 모조리 불러들여 대기시키겠습니다."

"혼자 왔다면서?"

"그렇긴 합니다만······."

내자불선(來者不善)이라고, 그가 홀로 왔다면 그만한 자신이 있든가 모종의 노림수가 있는 것이라 판단했던 것이다.

"쪽팔리······."

말을 하다말고 입을 다물었다.

이젠 욕도 모자라서 저속한 말도 거침없이 튀어나온다. 이래서야 학사의 체면이······.

속으로 혀를 찬 적하마도가 말을 이었다.

"···창피한 일 만들지 말고 조용히 데려와."

"하, 하지만······."

"쯧, 요새 말 많아진 거 알아?"

번뜩이는 눈빛에서 오랜만에 차가운 살기를 접한 이한의 고개가 숙여졌다.

"며, 명을 따릅니다."

이환은 그렇게 방을 나간 지 반 각 만에 노도인 한 명을 대동하고 돌아왔다.

"무당의 우양이 천마신교의 소교주를 뵈오니다."

"어서 와."

짧은 인사에 잠시 눈썹이 꿈틀거렸지만 그뿐이다. 어느새 신색을 회복한 태극진검이 미소를 그려 냈다.
 "환대에 감사드립니다."
 "환대? 우리가 그런 거 한 적 있나?"
 자신을 돌아보는 적하마도의 물음에 이환은 당황스런 표정으로 고개를 저어 보일 수밖에 없었다.
 그 모습에 적하마도가 다시 태극진검을 바라봤다.
 "봐, 없다는데."
 "하하, 알겠습니다. 마음에도 없는 말은 하지 말라는 말씀이시군요. 그리하지요."
 "생각은 제멋대로인 모양인데 말귀는 빨리 알아듣네. 앉아."
 칭찬인지 험담인지 모를 말에 씁쓸하게 웃으며 자리에 앉은 태극진검에게 적하마도가 물었다.
 "왜 온 거야?"
 "이런, 이런, 마음이 급한 것은 알겠지만 차도 한 잔 안 주시는 겝니까?"
 마치 자신의 마음을 들킨 것 같아 움찔한 적하마도가 멀뚱히 서 있는 이환을 돌아봤다.
 "뭐해? 차 달라잖냐."
 "예? 아! 예, 곧바로 준비해 올리겠습니다."
 답을 한 이환이 서둘러 나가자 태극진검이 의아한 표정

으로 물었다.
"시비를 부르지 않고 왜……?"
"우린 시비 안 키워."
"그게 무슨……?"
"손발 멀쩡한 것들이 남 시켜 먹으면 벌받는다."
앞뒤 다 잘라먹은 대답이지만 의미는 충분하게 전달되었다.
"푸하하하! 내 이번에 주천에 와서 많은 것을 배웁니다그려. 암, 손발 멀쩡한 이들이 남을 부려 해결하려만 들면 벌을 받는 법이지요."
"쓸데없는 소리는 그만하고, 정말 왜 온 거야? 차나 얻어먹자고 온 건 아닐 거 아니야?"
그 물음에 적하마도를 지그시 바라보던 태극진검이 낮은, 그러나 또렷한 음성으로 답을 했다.
"은림보의 이야기를 신임하지 않았거늘… 정말 문제가 있는 모양이구려."
파르르르.
미처 제지하기도 전에 눈가가 미세하게 떨렸다. 여태 그 누구도 알아차리지 못하던 것을 태극진검은 단박에 알아차렸다.
"역시… 십대고수라는 건가?"
"숨기지 않는구려."

"들통 난 걸 숨겨 봐야 꼴만 우스워지니까."
순순한 인정에 태극진검이 물었다.
"하면 제갈향 군사의 말대로 일전에 맹주와의 충돌에서 부상을……?"
피식-
웃음이 새어 나왔다.
그건 학사로의 마음이 아니라 놈의 기억에서 튀어나온 웃음이었다.
그 웃음을 본 태극진검이 묘한 표정으로 물었다.
"그게 아니라면… 설마 주화… 입마인 게요?"
물어 놓고는 태극진검 스스로가 고개를 저었다.
분명 문제가 있어 보이긴 했지만 주화입마를 입은 사람치고는 버티고 있는 경지가 너무 높았다.
"그런 거 아니야."
"하면……?"
"새로운 걸 탐닉하는 중일 뿐이야."
새로운 것.
그 말에 떠오른 정보들이 여러 개였다.
우선 도를 버리고 검을 배운다던가? 거기다 무인들에게 마교로서는 처음으로 녹봉도 지급하고, 교도도 새로 받고, 아! 글도 가르친다고 했던가?
하지만 정작 중요한 것은 무인으로서의 변화였다.

심득(心得)이란

"지금이라면 맹주는커녕 나도 막을 수 없다는 거 아시오?"
 몰랐다.
 열심히 노력했고, 지금도 죽을 둥 살 둥, 노력 중이었지만 그게 얼마만큼에 닿아 있는지 알 수 없었기 때문이다.
 "몰라."
 "이럴 땐 숨기는 것보다는 터놓고 이야기해 보는 것이 좋은 거 아니겠습니까?"
 "네 뭘 믿고?"
 잠시 멍하니 바라보던 태극진검의 입가에 웃음이 달렸다.
 "푸하하하! 그건 그렇군요. 하긴, 서로가 상대를 믿기엔 조금 난감한 자리에 있으니……. 하면 내 한 가지만 물으리다. 답을 해 줄 수 있겠습니까?"
 "나에 관한 것만 빼면."
 '이 몸에 두 영혼이 살아요. 그리고 지금 당신이 대화하는 영혼은 이 몸의 원주인 영혼이 아니랍니다.'라고 말할 수는 없는 법이기 때문이었다.
 "하하하, 이게 완벽히 벗어나는 건 아니겠으나 신변에 관한 이야기는 아니니 답하는 덴 상관없을 듯합니다만."
 "그만 떠들고 물을 거나 물어봐."
 "하하하, 소문대로 급하시구려."
 "그럼 언제라도 내 목을 딸 수 있다는 영감탱이랑 오래 앉아 있는 게 좋겠어!"

톡하니 쏴붙이는 적하마도를 여전히 웃는 낯으로 바라보며 태극진검이 물음을 이었다.
"이곳으로 오기 전에 주천의 사람들을 만나 보았습니다."
"한데?"
"이유가 무엇입니까?"
"나 선문답 잘 못한다."
 적하마도의 불퉁거림에 작게 웃어 보인 태극진검이 자신의 물음을 풀어 다시 물었다.
"적도대원들의 행동, 새로운 교도들의 모집, 아! 그러고 보니 글도 가르치신다고요? 그 모든 것의 이유가 뭡니까?"
 부드러운 음성이 말을 끝맺을 땐 칼날처럼 날카로워져 있었다. 그런 태극진검의 물음에 적하마도는 시큰둥하니 답했다.
"겁주는 것도 아니고……. 궁금한 게 그거면 별로 답해 줄 게 없어. 애들이 벌인 일이야 지들이 한 일이지, 내가 시킨 게 아니고. 새로운 교도들이 모인 일은 나도 애들이랑 말릴 만큼 말려 봤어. 그러니 완전히 내 책임이 아닌 거지. 그리고 글? 그게 뭐? 내가 아는 거 좀 나누는 것도 무슨 이유가 있어야 하는 거야? 넌 그러냐?"
 물론이다. 아무에게나 자신의 지식을 나누어 주지는 않으니까. 한데 또 그렇게 답하자니 아집으로 똘똘 뭉친 사람 같아 보일 듯했다.

"험험험… 그, 그럼 그 모든 것이 아무런 목적 없이 벌어진 일이라는 겁니까?"

"말 돌리는 거 하나는 선수네."

"허험……."

그래도 창피하긴 했던지 연신 헛기침만 해 대는 태극진검의 모습에 피식 웃어 보인 적하마도가 고개를 끄덕였다.

"그래. 넌 어떻게 사는지 모르겠지만 난 복잡하게 사는 거 잘 못해."

그건 소문으로도, 또 백도맹의 정보로도 확인된 사실이다. 하니 반론을 제기할 건더기가 없었다.

그 탓에 머뭇거리는 태극진검에게 적하마도가 물었다.

"그래서 그거 묻자고 혼자 온 거야? 요새 자살에 취미 들렸어?"

"날 어쩔 수 없을 거란 말은 이미 했던 것으로 기억합니다만."

"그거야 보고 나서 안 거고, 그 전엔 몰랐을 거 아니야."

"그야……."

"그러니까 정말 온 이유가 뭐야? 나도 솔직하게 이야기했으니까 그쪽도 솔직해지지?"

단도직입적인 적하마도의 물음에 잠시 갈등하던 태극진검이 입을 열었다.

"빈도는… 주천에서 그 어떤 백도인들보다 맑고 현명한

협사들을 보았습니다. 그들의 협행이 계속될 것인지… 그게 묻고 싶었습니다."

"그거야 애들 생각에 달렸겠지."

"무슨……?"

"내가 이야기했잖아. 그 일들, 내가 시켜서 하는 일들이 아니라고."

주천 사람들과의 대화를 떠올려 본 태극진검은 그게 사실일 거라는 것을 믿었다.

하지만 그는 사람들의 말 안에서 적하마도가 준 영향 하나를 찾아냈다.

"그게 사람처럼 사는 거다."

"뭔 뚱딴지같은 소리야?"

자신의 말에 불퉁거리는 적하마도에게 태극진검이 희미하게 웃어 보였다.

"주천의 사람들이 그러더군요. 그들, 적도대원들의 행동에 소교주가 한 소리라고."

"아!"

비로소 기억이 났다.

사람들이 자신들을 속였다며 분노하던 적도대원들에게 해 준 말이다.

서로 돕고, 가진 자가 나눠 주고, 없는 자를 이끄는… 그게 사람처럼 사는 방법이라고.

아무것도 그려지지 않은 백지에 그림을 그리는 것은 의외로 쉬웠다. 그리고 순수하게 무에만 미쳐 있던 적도대원들은 그런 백지였던 것이다.

"기억이 났다면 그게 지켜질 거란 약속을 빈도가 받을 수 있겠습니까?"

"못해."

잠시의 고심도 없다.

자신에게 제압당할 것이 분명한 상태인데, 거짓으로라도 답을 해야 하는 상황인데도 불구하고 그는 일언지하에 불가라 답했다.

그래서 물을 수밖에 없었다. 도무지 그 속을 알 수 없는 이유를.

"어… 째서입니까?"

"세상이 그렇게 만만해?"

"그게 무슨……?"

"남한테 해코지 안 하고, 나름대로 베풀며 잘살던 와중에 날벼락처럼 쳐들어온 놈한테 가족이 모조리 몰살당하고 죽기도 해. 세상이 그런데 하물며 그런 일 처리가 바뀌지 않을 거라고 어떻게 장담을 해?"

"무슨 의미요?"

"미래는 장담할 수 없다고 말하는 거야."

"하면 바뀔 수도 있다는 소리요?"

"영감, 영감은 죽을 때까지 좋은 일만 하고 살 수 있다고 생각해?"

"그야……."

답은 생각과 달리 금방 나오지 않았다. 정말 그럴 수 있을까? 하는 의문이 꼬리에 꼬리를 물고 이어지는 탓이었다.

그런 태극진검에게 적하마도가 말했다.

"거봐, 영감도 답하기 어렵겠지? 그럴 땐 할 수 있는 답은 하나뿐이야."

"그게……."

"그래, 몰라. 그거 이상 더 알맞은 답이 있어?"

가부외중존(可否外中存).
가와 부만이 아니라 중도 있음이다.

불현듯 태극혜검의 마지막 구결이 머릿속을 휘저었다.

쾅-!

벽력탄이 머릿속에서 터진듯했다.

그렇게 불현듯 찾아온 심득의 공간으로 침저(沈底)해 드는 태극진검을 놀란 눈으로 바라보던 적하마도는 금방 그의 상태를 이해했다.

놈의 기억 속에 수도 없이 존재하는 스스로의 경험이 있었기에.

제12장
도를 메고, 검을 차다

第2章
日米自動車摩擦

생검사도

 태극진검이 눈을 뜬 것은 해가 지고 달빛이 창 안을 스며드는 시간이었다.
 차분히 가라앉는 심득을 마음으로 닦아 누르며 시선을 돌리자 문가에 의자를 놓고, 그 위에 앉아 꾸벅꾸벅 조는 적하마도가 보였다.
 '문을 막고… 설마 수신이라도 섰던가…….'
 그 외에는 멀쩡한 자신의 방에서 문을 가로막고 있을 이유가 없었다. 그러자 한 가지 의문이 떠올랐다.
 '왜?'
 자신이 선선히 찾아왔다지만 적이었다.
 수많은 물음 속에 너를 제압할 수도 있다는 걸 분명히 드러냈다.
 그럼에도 무방비나 다름없는, 그저 손길 하나 대는 것만으로도 저승길로 보낼 수 있는 그 절호의 기회를 왜?
 설마 자신이 적하마도에게 위해를 가할 마음이 애초부터 없었다는 걸 알아차려서?
 어떻게?
 아니, 설사 그렇다 해도 자신은 그의, 적하마도의 비밀을 알게 되었다.
 그가 예전과 다르다는 것을.
 무슨 수를 써서라도 지켜야 할 비밀을 아는 자신을 그냥 두었다. 아니, 지켜 주었다.
 생각이 그에 이르자 또다시 똑같은 의문이 고개를 들었다.
 '왜?'
 밤이 새고, 여명이 지나고, 동이 터 이른 아침의 햇빛이 창 안으로 발을 들여놓던 시간까지도 태극진검은 답을 얻지 못했다.
 "끄응……."
 한껏 기지개를 펴며 눈을 뜬 적하마도가 자신을 물끄러미 바라보고 있는 태극진검에게 물었다.
 "일어났어?"
 "그랬소만……."

"얻은 게 좀 있어?"

적하마도의 물음에 태극진검은 답 대신 물음을 돌려주어야만 했다.

"왜?"

"뭐가?"

"왜 그냥 두었느냔 말이오."

"그걸 몰라?"

"……."

답 없이 물끄러미 바라보는 태극진검에게 적하마도가 피식 웃어 보였다.

"그따위 물음이라니……. 뭐 좀 얻었나 싶었더니 아직 멀었네."

멀었네… 멀었네… 멀었…네.

쾅-!

휑해지는 눈빛 속으로 다시 침저해 드는 태극진검을 바라보며 적하마도가 투덜거렸다.

"빌어먹을! 나 오줌도 마려운데. 한꺼번에 좀 깨면 안 되나……."

적하마도의 불퉁거림이 아침 햇살로 가득 차는 소교주의 거처를 덧없이 흘러다녔다.

태극진검은 올 때와 달리 도둑놈처럼 달이 뜨고, 별이 가득한 늦은 밤에 조용히 적하장을 떠났다.

 '그는 빈도와는 생각이 다를 겝니다. 그리고 그와 부딪치면 지금의 소교주로는 절대로 무사치 못할 테고……. 나중을 기약하고 지금은 물러나시는 것이 어떨까 싶습니다만……. 크나큰 은혜를 입은 이 말코가 해 드릴 것이 이것뿐이 없음이 면목 없을 뿐입니다.'

 태극진검이 떠나기 전에 남긴 말이다.
 그가 무얼 얼마나 얻었는지는 모르겠지만 떠나가는 그의 눈빛은 한없이 검고, 티 없이 맑았다.
 "소교주님……."
 그와 함께 태극진검을 배웅했던 이환의 걱정 어린 음성에 적하마도가 돌아봤다.
 "무슨… 문제가 있으신 겁니까?"
 태극진검이 남긴 말을 함께 들은 탓이다. 그간 무언가 이상하다고 생각했었기에 그 말이 예사롭지 않게 다가왔던 모양이다.
 자신에 대한 걱정으로 가득한 이환의 눈 곁으로 허전한 볼이 보였다. 순간 올라가는 손을 막지 못했다.
 "멍청한… 괜한 짓으로 모습만 흉하게 되었구나."
 잘려 나가 밋밋해진 자신의 귓가를 만지는 소교주의 손

길에, 그 안타까워하는 눈빛에 이환의 눈가로 핑그르르 습막이 차올라 왔다.
"소, 소교주님……."
"네 자신을 소중히 생각해라. 그게 날 위하는 길이니."
"크흐흐흑."
왠지 몰랐지만 눈물이, 울음이 터졌다. 그렇게 우는 이환의 어깨를 두드려 준 적하마도가 신형을 돌렸다.
"잠시 바람을 쐬고 오마."
그렇게 장원을 나서는 그를 이환은 눈물을, 울음을 숨기느라 따라가지 못했다.

적하마도는 적하장을 나선 길로 주천으로 들어오는 길목에서 기다렸다. 태극진검이 말한 그를…….

'예정대로라면 그는 오늘밤 늦게 주천으로 들어설 것입니다. 하니 그전에 결정을 내려야 할 겁니다.'

이환도 모르게 자신에게 남긴 태극진검의 전음 한 토막이었다.
그래서 적하마도는 도를 메고, 검을 차고 그가, 창천멸검이 들어설 주천의 입구를 틀어막고 기다렸다.

 반 시진… 그가 주천의 길목을 틀어막고 기다린 지 반 시진 만에 그가, 창천멸검이 이백에 달하는 제왕무적검대와 함께 모습을 드러냈다.

"흐음……."

 길목을 틀어막고 있는 적하마도를 처음 발견한 창천멸검의 입에선 침음이 먼저 흘렀다.

 그를 상대할 태극진검이 없을 때 마주친 탓이었다.

 한데 그 불안감은 적하마도를 마주친 지 반의반 각도 지나기 전에 사라졌다.

"그대……."

 뒷말을 삼켰다. 자신의 이름이 빛날 기회를 굳이 떠벌려 날리고픈 생각은 없었기에.

 창-!

 거침없이 검을 뽑은 창천멸검이 제왕무적검대를 향해 외쳤다.

"내가 상대할 것이다! 내가 승기를 점한다면 족하나, 만에 하나 진다면 두말없이 물러나라! 이것은 태상가주로서의 명이니라!"

 자신의 외침에 당황하는 제왕무적검대원들에게 창천멸검이 다시 외쳤다.

"명을 받지 않을 것이더냐!"

그의 서슬 퍼런 외침에 제왕무적검대원들이 마지못해 답을 했다.

"조, 존명!"

그렇게 답을 한 뒤 두 사람에게 공간을 주기 위해 뒤로 물러나는 제왕무적검대에게서 시선을 돌린 창천멸검은 비릿한 미소를 베어 물었다.

'네놈이 무슨 연유로 그리된 줄은 모르겠으나 이것으로 맹주도 어쩌지 못했던 네놈을 내가 잡아 이름을 사해에 떨칠 것이다!'

그것을 위해서는 오롯이 자신만의 공이어야 했다.

그래서 그럴싸한 말로 제왕무적검대를 뒤로 물렸다. 후일 나올 수 있는 조공의 이야기를 사전에 차단하기 위한 안배였던 것이다.

그런 창천멸검의 행동이 무엇을 말하는지 적하마도에겐 너무나 확연히 보였다.

더럽고, 추잡했다.

그는 자신의 기억 저 밑바닥에서 꿈틀대는 놈보다도 못한 작자였다.

그것이 느닷없는 살기를 불러일으켰다.

자신에게 이렇게 농밀한 살기가 있으리라곤 미처 생각지도 못했을 만큼…….

그렇게 자신을, 아내를, 딸을 죽인 자에 대한 적의가, 살의

가 엉뚱하게 창천멸검을 향해 터져 나갔다.
 창-!
 어느새 허리 어림에 차고 있던 검을 뽑아 든 적하마도의 신형이 바람처럼 날아들었다.

 "쿨럭, 쿨럭"
 기침을 해 댈 때마다 피가 쏟아졌다.
 그런 그를 창천멸검이 욕망과 비열함으로 물든 눈으로 저만치 서서 바라보았다.
 두 수, 많은 것도 아니었다.
 단 두 번의 충돌로 내부가 엉망이 되고, 검은 반 토막밖에 남지 않았다.
 한가락 한다는 기철과 비등비등하기에 제법 어울려 볼 수 있을 줄 알았더니 망상에 불과했었던 모양이다.
 순간 저 밑바닥으로부터 '그것도 몰랐냐.'는 비웃음이 치고 올라왔다.
 한데 꼴도 보기 싫은 놈의 비아냥거림 보다 저만치 서서 비열한 웃음을 달고 있는 창천멸검이 더 보기 싫었다.
 '왜일까?'
 태극진검이 던졌던 물음을 이번엔 적하마도, 자신이 던졌다.
 하지만 통쾌하게 답을 내던졌던 이전과 달리 답은 보이

지 않았다.

그 답답함을 뚫고 놈의, 그 빌어먹을 놈의 웃음소리가 저 밑에서부터 스멀스멀 기어올라 왔다.

'좋아, 한 번이다. 이번 한 번만……. 그러니 네놈 수하들을 지켜 봐! 생애 처음으로 맞은, 인간답게 살 기회를 네놈이 지켜 보란 말이다!'

마음속의 외침이 끝나기도 전에 적하마드의 신형이 폭사되었다.

그런 그의 손엔 어느새 반 토막밖에 남지 않은 검이 아니라 등에 메어 두었던 도가 들려 있었다.

쾅-!

"커헉!"

벽력탄이 터지는 듯한 폭음 속에 답답한 신음이 울렸다. 그리고 그 끝을 기다란 핏줄기가 따랐다.

강호에 커다란 파란이 일었다.

창천멸검 참살! 제왕무적검대 전멸!

오로지 단 한 사람에 의해 벌어진 참극이었다.

하지만 피해자인 백도맹은, 남궁세가는 적하장을 향해 단 한 마디도 하지 못했다.

그 이유를 가장 잘 아는 인사들이 가득 모인 백도맹의 사자전, 단상 위의 태사의에 앉은 진천명이 화들짝 놀라 달려온 구파일방과 오대세가의 대표들을 훑어보았다.

모두가 장로다. 단 한 군데도 장문인이나 가주가 직접 찾아온 곳이 없다. 아직도, 아직도 자신을 업신여기는 것이다.

'멍청한 것들!'

업신여기면 기대지도 말아야 하는 것을, 지들이 벌여 놓은 일이 망쳐지자마자 버선발로 쫓아와 기댄다.

그것이 덧없고, 어이가 없었다.

'구파일방과 오대세가엔… 이제 기대할 것이 없다.'

이권에 집착하고 전통이란 이름의 명성에 기댄 이들이다. 이대로라면 발전은 고사하고 현상 유지도 어려울 것이다.

삼십 년?

어쩌면 그 이전에도 저들의 성세는 기울 수 있었다. 아니, 분명히 기울 것이다. 그에 대한 대비가 필요함을 진천명은 뼈저리게 느끼고 있었다.

그런 그를 향해 군사, 제갈향이 조심스럽게 말을 건넸다.

"우선, 이번 사안에 대해 정식으로 항의를……."

"뭐라 말인가? 우리가 네 목을 따러 가는데 우릴 다 죽였다? 어찌 그럴 수 있느냐고 따지잔 소린가?"

"그, 그것이 아니오라……."

"하면? 턱도 없는 실력에 찾아왔으니 좀 봐주지 그랬냐고 힐난이라도 하자는 겐가?"

입을 다무는 제갈향에게서 시선을 돌린 진천명이 눈을 뒤룩뒤룩 굴리는 구파일방, 오대세가의 대표로 참석한 각파의 장로들을 노려보며 말했다.

"설마 그대들도 그 나이 먹고, 그따위 말도 안 되는 이야기를 하자고 모여든 것은 아닐 터. 제대로 된 의견을 말해 보시오."

현경, 자그마치 칠 갑자에 달하는 막대한 내력이 풀어져 사자전을 꽉 짓누르는 진천명의 위세에 완벽하게 제압당한 장로들은 고개를 처박기에 급급할 뿐, 누구도 입을 열지 못했다.

그런 이들을 못마땅하게 바라보던 진천명이 자리에서 벌떡 일어섰다.

"할 말이 없는 모양이니 이만 일어나리다. 대책이 세워지거든 다시 청하시구려!"

뒤틀린 심사를 거칠게 치는 소매 바람으로 표한 진천명이 나가 버리자 서로를 바라보던 이들이 일제히 객사로 몰려들었다.

느닷없이 주천을 향해 움직이던 진무칠검을 회수해 돌아와 처박힌 태극진검을 찾아.

그렇게 장로들이 찾아온 태극진검은 객사가 아니라 맹주의 거처에 가 있었다.

"주인도 없는 방에서 기다리는 결례를 범했습니다."

공손히 포권을 취해 오는 태극진검을 물끄러미 바라보던 진천명이 자리를 권했다.

"앉읍시다."

"감사합니다."

자신의 권유에 자리를 잡는 태극진검의 맞은편에서 진천명이 담담한 음성을 건넸다.

"일단 축하부터 드리리다."

"감사합니다."

"솔직히 믿지 않았더니… 이제 정말 천하삼웅이 되어야 하는 모양이외다."

실제로는 천하사웅일 터다. 자신과 동수를 이루고, 이번엔 창천멸검과 제왕무적검대를 잡아먹은 그 빌어먹을 애송이를 포함하면……. 다만 그걸 인정하고 싶지 않았던 것이다.

자신의 절반밖에 안 되는 시간 만에 동일한 경지에 올라온 놈에 대한 일종의 시기심이었다.

그건… 뭐라 손가락질하고 욕을 해도 어쩔 수 없었다.

"그를 생각하시는 모양입니다."

태극진검의 물음에 진천명이 희미하게 웃었다.

"그자의 생각은 좀처럼 지워지지 않는구려."

그 이유를 알기에 태극진검은 그저 담담히 웃을 뿐이었

다. 그런 그에게 진천명이 물었다.
"한데 왜 돌아온 게요?"
"제가 그의 도움으로 이 경지에 발을 디뎠다면 믿으시겠습니까?"
태극진검의 물음에 진천명의 눈이 커졌다.
"진… 실이오?"
"농이나 나누자고 찾아뵙기엔 맹주님의 시간이 너무 귀하군요."
"흐음……."
대번에 침음이 깊어지는 진천명에게 태극진검이 말을 건넸다.
"솔직히 그가 창천멸검을 저리 만들 수 있을 거라곤 생각지 못하였습니다."
"그게… 무슨 소리요?"
"제가 본 그는… 문제가 있었습니다."
"문제? 설마 진인도 그가 나와의 충돌로 치유되기 어려운 내상을 입었다 생각하시는 게요?"
실망이 깃든 진천명의 물음에 태극진검은 고개를 저었다.
"내상은 아니었습니다. 그저… 자신의 것을 모두 꺼내지 못한다는 느낌이랄까……. 솔직히 전 주화입마 쪽이 아닐까 의심을 했었습니다만."
"…만?"

"이번의 일을 겪고 보니 그것조차도 함정이 아니었을까 싶더군요."

"고의적으로 내보였다고 생각하는 게요?"

"그게 아니고는 이번의 참극을 설명할 길이 없으니……."

태극진검의 말에 한참동안 적하마도를 떠올리던 진천명의 고개가 다시 저어졌다.

"그는 그런 일로 머리를 쓸 인사는 아니라는 생각이 드는구려."

그 말에 반론을 재기할 거라 생각했던 태극진검은 예상외로 웃으며 고개를 끄덕였다.

"역시 그렇지요? 저도 그게 마음에 걸렸습니다. 그럼에도 그런 생각 외에는 그의 상황과 지금의 결과를 설명할 수 없으니… 혜안이 있으면 나눠 주시겠습니까?"

태극진검의 물음에 진천명은 그를 지그시 바라보았다

고집은 화산, 자존심은 남궁, 모사는 제갈, 독기는 당가라는 말이 있다.

하지만 그 모든 것을 가진 이들이 무당이라는 것은 많은 이들이 알지 못한다.

무량수불, 무량수불 도호를 외우고 사람 좋은 미소 속에 칼날처럼 날카로운 말들로 무장한 무당의 도사들은 화산의 제자들만큼 고집스럽고, 남궁의 무인들만큼이나 자존심이 세며, 제갈만큼이나 잔머리에 능하고, 당가처럼 독하다.

그런 무당 최강의 고수가 선선히 웃으며 묻는다.
 문제는 그런 그의 어디에도 고집이나 자존심은 물론이고 잔머리와 독기조차 보이지 않는다는 점이었다.
 "진인의 배움이 이 진 모를 뛰어넘는 듯하구려. 그 물음은 아무래도 이 진 모가 진인께 드려야 할 모양입니다."
 "받잡기 과한 말씀이십니다. 가까이 보기는 했으나 함께 겨뤄 보진 못하였습니다. 그도 무인이고, 맹주께서도 무인이니 그저 겉만 보고, 도움만 받고 도망쳐 온 이 말코보다야 깊은 이해가 있지 않나 싶어 여쭙는 것입니다."
 "아가부터 자꾸 도움을 거론하시는데, 무슨 일이 있었던 것입니까?"
 진천명의 물음에 태극진검은 포근한 미소를 머금고 적하장원에서 있었던 일을 담담한 음성으로 풀어냈다.
 모든 이야기를 들은 진천명은 꽤나 놀란 표정이 역력했다.
 "그건… 화두가 아닙니까?"
 "역시 그렇군요. 이곳에 와서야 그럴 것이란 생각이 들었습니다."
 화두(話頭), 이야기의 첫머리라 풀이되는 이 말이 강호 기인들의 깨달음과 연결되면 상상 이상의 무게를 갖는다. 이른바 상대가 깨달음으로 다가갈 수 있도록 던져 주는 일종의 길잡이기 때문이다.
 물론 그걸 제대로 알아듣느냐와 그렇게 얻은 깨달음을 얼마만큼이나 자신의 것으로 만드느냐는 오로지 화두를 넘겨받은 이의 몫이다.
 운이 좋으면 태극진검처럼 크게 한발 내딛는 것이고, 운이 나쁘면 '무슨 헛소리야.'로 끝나는 것이다.
 그래서 기인들의 문답을 선문답이라 칭하는 것이기도 하고.
 여하간 지금 이야기대로라면 적하마도는 적이 분명한 태극진검에게 화두를 베풀었다는 것이 된다.
"도대체 왜?"
 자신이 적하마도에게 던졌던 것과 동일한 물음을 던지는 진천명의 모습에 웃음이 새어 나왔다.
 하지만 그 웃음은 지어지는 것과 동시에 사라지고 말았다. 진천명이 자신의 물음에 스스로 답을 내놓고 있었기 때문이다.
"하긴 그 애송이라면 분명 모른다 했겠구려."
 놀람을 감추지 못하는 태극진검에게 진천명이 희미하게 웃어 보였다.
"흑백만이 아니라 회색도 존재하는 것이 세상사라는 걸 깨달은 후에 올라선 경지요. 진인도 그럴 테고, 또 나와 동수를 이루고, 진인에게 화두를 던져 둘 정도라면 그 애송이도 마찬가지일 거라 생각했을 뿐이오."
 자신은 가부 외에 중도 존재한다는 걸 깨달았음인데 맹

주는 흑백 외에 회색도 존재할 수 있다는 것을 인정하고서야 깨달음을 얻었단다.

조금씩 방향은 다르지만 모두 중용의 도를 이해한 후에야 얻었음을 느낄 수 있었다.

"평소에 알고 있다고 생각하던 것의 진면목을 대한 느낌이었습니다."

"난 내가 그리 무식한지 그때 처음 깨달았었다오."

깨달음을 얻고 난 후의 감상을 서로에게 풀어 놓은 두 사람은 풀썩 웃었다.

"이거, 이거, 동도가 떼거지로 죽어 나갔는데 웃음이라니……. 사자전에 모여 있던 인사들이 보면 공적이라 몰아붙이고도 남겠소이다."

자신의 너스레에 다시금 웃는 태극진검에게 진천명이 말했다.

"그가 무엇을 보여 주었든 그는 건재하다는 게 밝혀진 셈이오. 하니 그의 문제는 접어 두고……. 이제 진인은 어찌할 생각이시오? 갑작스런 회군을 두고 그냥 있을 인사들은 아닐 터인데."

다른 곳은 차치하고, 이번에 가장 큰 피해를 입은 남궁세가에서 두 눈에 불을 켜고 달려들 게 뻔했기 때문이다.

그들로서는 책임을 떠넘겨 자신들의 무능이라도 감추어야 할 테니까.

"경지를 넘는 와중이라 참여할 수 없었다. 제가 할 공식 답변입니다."

"경지를 넘는 와중이었다?"

"예, 거짓도 아니고……."

"그렇긴 합니다만, 그걸로 될지 모르겠소이다."

"해서 도움을 청하고자 합니다. 도와주시겠습니까?"

자신을 바라보는 태극진검의 맑은 눈빛을 마주 보던 진천명이 피식 웃으며 두 손을 들었다.

"그런 눈으로 바라보는 데야 별수 없지요. 그래, 무엇을 도와드리면 되겠소이까?"

"그저, 제가 이곳에 와서야 벽을 완전히 넘어섰다. 그렇게만 거짓을 말씀해 주실 수 있겠습니까?"

부탁에 거짓을 말해 달라 명시했다. 이래서야 거짓이라 어렵다는 이유도 못 대게 되었다.

"어째 언변까지도 느신 모양입니다."

"말코들이 잘하는 것이야 번드르르한 말뿐이니……."

그 말끝에 선하게 웃어 보이는 태극진검을 바라보며 진천명은 고개를 끄덕일 수밖에 없었다.

그리고 사자전에서 내렸던 생각을 고쳐야만 했다.

오대세가는 몰라도, 구파일방은… 태극진검이 있는 무당이 건재한 이상 어쩌면… 기회가, 시간이 있을 지도 모르겠다는 생각으로…….

제13장
골치 아픈 손님

생검사도

  소문이, 정보가 후려친 곳은 백도맹만이 아니었다.
  마교의 총타도 전해진 소식에, 정보에 뒤통수가 얼얼할 지경이었으니까.
  "멀쩡히 앉아서 백도의 십대고수 하나와 한가락 하는 무력 집단을 통째로 잡아먹었군."
  "이런 파격이라니, 역시 소교주님이십니다."
  솔직히 교주보다는 군사가 더 많이 놀랐다.
  밀야각이 주천으로 접근하는 제왕무적검대를 포착하긴 했지만 미처 그들 속에 창천멸검이 함께하고 있는 것은 몰랐던 것이다.
  더구나 그 정보가 제공했던 예상 도착 시간보다 빠르게

제왕무적검대와 창천멸검이 주천에 닿았다.

결과는 생각 이상이었지만 의문도 남았다.

"소교주님을 노리고 창천멸검과 제왕무적검대만 움직였을 리는 만무한데 말입니다."

"백도 자식들, 우리 뒤통수 까는데 눈이 팔려서 오판했나 보지, 뭐."

적혈검마의 신랄한 평가에 군사는 동의할 수 없었다. 그 정도로 엄병덤벙 움직이기엔 그쪽의 머리가 만만치 않았기 때문이다.

그리고 의심스러운 첩보도 하나 들어와 있고.

그런 것들을 되짚어 보느라 골똘히 생각에 잠겨 있던 군사를 적혈검마가 불렀다.

"석평아."

"예, 교주님."

"뭐 마음에 걸리는 거라도 있는 거냐?"

"그게… 첩보가 하나 들어온 것이 있사온데, 그게 소문에 가까운 것이라서……."

"뭔데? 일단 들어나 보자."

적혈검마의 물음에 군사가 마지못해 입을 열었다.

"창천멸검과 제왕무적검대가 남궁세가를 나서던 시기, 무당에서 태극진검과 진무칠검이 산문을 벗어났답니다."

"태극진검과 진무칠검이라……."

창천멸검과 태극진검이 같은 십대고수에 묶여 있다지만 소문은 항상 태극진검을 위에 놓았었다.
 거기다 제왕무적검대는 이백이라는 수에도 불구하고 분명히 일곱 명뿐인 진무칠검의 아래였다.
 그러니 그 첩보가 사실이라면…….
 "주공이 무당, 조공이 남궁이었다는 소린데…….."
 "그렇지요. 문제는 왜 무당이 갑자기 빠져나갔냐는 겁니다."
 "해서 그 첩보를 의심한다?"
 "예. 화산이나 당가라면 모를까, 무당은 약속을 저버리는 이들이 아니니까요."
 군사의 답에 무언가를 골똘히 생각하던 적혈검마가 명령 하나를 내렸다.
 "지금 즉시 운용 가능한 모든 밀영들을 백도맹 주위로 뿌려."
 "갑자기 왜……?"
 "찾아야 하는 목표는 태극진검. 내 짐작이 맞다면 놈은 백도맹에 있다."
 "백도맹… 왜 그리 생각하시는 것입니까?"
 "놈이… 경지를 넘어섰다면?"
 "서, 설마요!"
 "설마는 나중에, 일단 그렇다고 가정한다면. 놈은 한발 먼저 벽을 넘은 진가 놈한테 달려가게 되어 있어."

"확인… 을 위해서 입니까?"

"그것도 있겠지만 벽을 넘고 나면 파편이 생기지. 그걸 다 스리자면 당분간의 담론은 필수야. 나야 사부가 있었지만 지금의 백도엔 진가 놈뿐이지."

비로소 말뜻을 알아들은 군사가 재빠르게 움직였다. 한데 그렇게 나가던 군사가 문가에서 고개를 돌려 물었다.

"한데… 왜 그가 벽을 넘어섰다고 보시는 겁니까?"

"일전에 본 적이 있어. 그때 그 자식이 벽 앞에서 맴돌고 있었지. 넘었다면 그놈이 가장 빠를 거다."

적혈검마의 답에 군사는 다시 옮기는 발걸음을 빨리했다.

교주의 거처인 천마무전(天魔武殿), 흔히 천마전이라 불리는 곳에서 창천멸검에 관한 일로 논의가 벌어졌다면, 천마신교의 종교 부분을 담당하는 제사장의 거처인 천마제전(天魔祭殿)에서는 새로운 교도들의 소식에 소란스러워졌다.

"새로운 교도라니!"

제사장의 물음에 소식을 가져온 사제가 흥분된 음성으로 설명을 이었다.

"소교주께서 나가 계신 적하장이 포교에 성공하고 있다는 소식입니다. 아직은 십여 명에 불과하다지만 새로운 교도가 분명히 생겨서……."

"시, 십여 명!"

매달 몇십 명씩 교도가 떠나간다.

달래고 어루만지고 보살펴야 할 교도들을 약탈하는 교의 무사들이라니.

제발 약탈만이라도 다른 곳에서 하면 안 되겠냐고 수도 없이 청원했지만 대대로 천마무전을 지켜 온 꼴통들에겐 이빨도 들어가지 않았다.

오죽하면 남아 있는 교도들이라고는 척박한 산야에 기대 사는 산악 부족 일부뿐이다.

그들도 신앙심 때문이 아니라 천마제전에 속한 사제들이 실어 나르는 식량과 약재를 필요로 하는 까닭이었다.

뿐인가?

그들을 잡기 위해 사제들은 농부가 되었다.

포교를 해도 시원치 않을 이들이 척박한 땅을 함께 일구고, 물을 주고, 농사를 짓는다.

그렇게 필사적으로 현실적인 도움을 주어도 툭툭 일 년에 한두 번씩 교의 무사들이 약탈을 나서면 작게는 수십 명, 많을 때는 한 부족이 단체로 교의 그늘을 벗어난다.

그렇게 줄어만 온 교도들이다.

오죽하면 제사장은 자신의 대에서 교도들의 맥이 끊어지지 않을까 노심초사하며 잠을 제대로 이루지 못했다.

그런데 새로운 교도라니. 더구나 그 빌어먹을 망종인 소교주가!

"내 눈이 해태였던 게야! 그렇게 교의 앞날을 위해 불철주야 노력하는 소교주였거늘! 무엇하느냐, 포교를 나갈 준비를 갖추어라!"

제사장의 명에 수십 명의 사제들이 분주히 움직였다.

제발 떠나지 말아 달라고 매달리러 산속으로 들어가는 것이 아니었다.

한복판은 아니지만 중원이었다. 그것도 스스로 교도가 된 이들이란다.

그들을 만나러 간다는 것만으로도 사제들은 지독한 노동에 시달려 얻은 골병들이 씻은 듯이 나아 버리는 느낌이었다.

그렇게 바리바리 짐을 싸는 사제들을 두고 제사장이 천마무전, 교주에게 달려갔다.

"어딜 간다고?"

첫 대면부터 인상을 쓰던 적혈검마는 못마땅함이 풀풀 풍기는 음성으로 제사장에게 묻고 있었다.

"주천으로 갈 생각입니다."

"주천이면… 적하장?"

"예."

"그곳에 뭐 주워 먹을 게 있다고 가?"

말을 해도 참……. 속으로 혀를 찬 제사장이 간신히 얼굴을 구기지 않은 채 답을 했다.

"그곳에 새로운 교도들이 생기고 있답니다."

"뭔 헛소리야?"

당연한 반응이다. 들어 본 적도 없는 소리였으니까.

그런 적혈검마에게 제사장이 꾸깃꾸깃한 종이 쪼가리 하나를 내밀었다.

알 수 없는 복잡한 기호가 빼곡한 종이를 들여다보던 적혈검마가 제사장을 바라봤다.

"이게 무슨 소린 줄 알아?"

"천마경을 기본으로 하는 암호 체계입죠. 밀야각이 쓰고 있는 것으로 압니다만……."

그 답 속에 은근히 업신여김이 들어 있었다. 교주가 돼서 그것도 모르냐는 힐난이리라.

"이 새……."

앞니까지 튀어나온 욕설을 간신히 목구멍 안으로 밀어 넣었다.

아무리 교주라도, 제아무리 실권은커녕 존재의 의의조차 잃어 가는 이라도 상대는 교의 존재 의의를 짊어진 제사장이었다.

자칫 교주가 그런 제사장을 핍박했다는 소문이라도 나면 교는 대번에 분란에 휩싸일 게 뻔했다.

신앙심이라고는 쥐뿔도 없는 새끼들이 또 정통성 부분에서는 무지하게 민감한 까닭이었다.

골치 아픈 손님 • 297

"후우~ 일단 확인부터 해 보자고."

"확인은 제가……."

"아아, 알았어. 제사장은 확인했어. 하지만 난 아니잖아. 모든 일엔 절차가 있는 거고. 그 절차를 밟는 중인지 아직 내겐 올라오지 않았다, 그 말이야."

못마땅한 음성으로 답을 하며 적혈검마가 태사의 곁에 늘어진 줄을 잡아당기자 곱게 생긴 시비 하나가 천마전 안으로 들어섰다.

"부르셨나이까, 교주님."

"그래, 가서 탕추, 이 개새끼… 아니, 밀야각주에게 반 각 안에 튀어 오라고 해!"

"예, 교주님."

시비가 나가고 반 각이 지나기 직전.

우당탕탕!

무언가 문밖에서 부서지는 소리가 울리더니 문이 열리고 밀야각주인 탕추가 들어섰다.

"차, 찾으셨습니까, 교주님!"

교주의 전언을 전한 시비의 말을 그대로 옮기면 '탕추 개새끼'란 표현이 들어 있었단다.

그 말을 듣자마자 교내에선 경공을 써선 안 된다는 규율도 깨고 무지막지하게 달려왔다.

그 탓에 찻잔을 들고 오던 시비와 부딪치기도 했지만…

반 각 안에 도착했다.
"꼴은 또 왜 그래?"
적혈검마의 물음에 자신을 내려다보자 찻물을 뒤집어쓴 탓에 물에 빠진 생쥐 꼴이다.
"아하하, 모, 목간 중에 달려온 터라······."
"새끼··· 호사를 처발랐지."
"예?"
"말리화(茉莉花) 냄새가 여기까지 나는구만. 도대체 얼마나 호사를 누리기에 나도 간간이 차로만 마시는 말리화로 목간을 하는 거야?"
"그, 그게······."
"새끼, 기찰각에 일러서 철저하게 털어 봐야겠구만."
없는 죄도 만들어 내기로 유명한 것이 기찰각이다.
거기다 요새 대호법이 주천에 나가 있는 동안 각주 대리를 맡은 좌호법이 어떻게든 능력을 보이려고 몸부림을 치는 시기였다.
걸리면··· 죽었다고 복창해야 하는 것이다.
"교, 교주님!"
사정하려는 밀야각주의 입을 손을 들어 보이는 것으로 막아 버린 적혈검마의 물음이 던져졌다.
"주천에서 새로운 교도가 생겼다는 이야길, 지금 제사장에게, 밀야각주인 네놈이 아니라 제사장에게 듣고 있는데.

넌 뭐 아는 거 없어?"
 교주의 물음에 밀야각주의 얼굴에서 핏기가 빠져나갔다.
 전서를 분류하던 밀사 중 한 명이 마침 정보 분류소로 놀러 온 사제에게 새로운 교도가 들어왔다는 전서가 방금 들어왔다는 말을 하자마자 그 사제가 전서를 들고 튀어 나갔다는 보고는 이곳으로 오기 직전에 받았었다.
 즉시 회수해 오라는 명을 내리고 튀어 왔는데 그 전서가 엉뚱하게도 제사장의 손에 들려 교주에게 전달된 모양이었다.
 "그, 그게……."
 상황을 설명하려는 밀야각주에게 교주의 질문이 먼저 날아들었다.
 "그게 맞아?"
 "그, 그것이……."
 "나 여러 번 묻는 거 별로 안 좋아한다. 잊었냐?"
 차가운 한기가 목 언저리를 훑고 지나가는 느낌에 밀야각주가 재빨리 답했다.
 "사, 사실입……."
 깡-!
 우당탕탕!
 찻잔으로 밀야각주를 천마전 구석에 처박아 버린 교주의 시선이 제사장에게 향했다.
 "그래서, 주천으로 간다고?"

"예, 소교주께오서 어렵게 살린 신앙의 꽃을 잘 가꿔 제대로 피워 보려 합니다."

"꽃인지 가시덤불인지는 가 보고 나서 이야기하고. 한데 기억은 해?"

"무엇을 말씀이시온지?"

"그 자식, 제사장 정말 싫어했는데……?"

교주의 말이 아니더라도 기억한다.

소교주의 어미가 죽은 일을 두고 다 천마의 안배이니 슬퍼하지 말라고 말한 것이 시작이었다.

당시 그럼 지금 자신의 손에 당신이 죽으면 그것도 천마의 안배냐고 바락바락 악을 쓰던 어린 소교주의 얼굴이 여전히 또렷하게 기억났다.

"기억합니다."

"그럼 그 자식이 총타를 떠나면서 한 말도 기억나나?"

'다음에 또 마주치면 그 모가지 예쁘게 도려서 천마제전의 제단에 올려 주마.'

기억이 떠오르는 것과 동시에 목울대를 타고 마른침이 넘어갔다.

그때 당시에 받았던 농밀한 살기가 함께 떠오른 탓이다. 그때 그 말을 하는 소교주는 정말 진심이었다.

"얼굴이 하얗게 되는 걸 보니 기억은 하나 본데. 그래도 갈 생각이야?"

잠시 갈등했다.

하지만 그 갈등의 시간만큼 죄스러운 마음이 뭉클거렸던지 제사장은 천마신교, 흔히 명교(明教)라 불리는 종교의 성호를 외웠다.

"제마척사(制魔斥邪). 천마의 덕이 온 누리에 퍼지길……. 제 죄로 시작된 일이라면 제가 감당해야겠지요."

저것도 꼴 보기 싫었다.

천마신교니 명교니 해도 사람들로부터 마교라 불리는 자신들이다. 신봉하는 이도 천마다.

이름에 마자가 들어가는데 성호랍시고, 제마란다. 스스로가 제압해야 할 악으로 규정하고 있으니.

하나부터 열까지 마음에 드는 게 하나도 없었다.

"뭐, 그렇게 가서 죽고 싶다면야. 가! 하지만 명심해. 난 말렸어."

적혈검마의 경고에 희미한 미소로 답한 제사장이 천마전을 물러나왔다.

"다시 올 수 있을까?"

불안한 음성을 남겨 둔 제사장이 사제들이 기다리는 천마제전으로 향했다.

굽이굽이 성문을 나서 오솔길을 내려가는 제사장과 사제들을 성문 위에서 적혈검마가 지켜보았다.
"정말 보내도 되는 겁니까?"
군사의 물음에 적혈검마가 어두운 표정으로 답했다.
"말릴 수 없는 일이니까."
"그러다 소교주께서 정말 칼을 휘두르시면……."
"분란이 일겠지."
"그냥 두실 요량이신 겁니까?"
군사의 걱정 어린 음성에 한참 말이 없던 적혈검마가 입을 열었다.
"일이 벌어지면 가장 문제가 될 게 누구지?"
"부교주입니다. 소교주만 없다면 다음 대 교주는 누가 뭐라 해도 그이니까요."
"그 자식… 베어 버리면 문제가 될까?"
"그를 제거할 수 있는 능력을 가진 이는 교에선 교주님과 소교주님뿐입니다. 십대고수로 가면… 사황성주를 빼고는 가능성이 없습죠."
"태극진검이 넘어섰다면……."
"그건 아직 확인되지 않았습니다."
"그래서, 하라는 거야, 하지 말라는 거야?"
"소교주님을 아끼는 교주님의 마음은 압니다만… 직접적인 제거는 하책 중 하책입니다."

"하면?"

"일단은 소교주님을 설득하시는 데 최선을……."

"그 자식이 내 말을 듣는 놈이어야 말이지!"

적혈검마의 불퉁거림에 군사는 아무소리도 하지 못했다. 어디서부터 꼬였는지 소교주의 성격은 잔뜩 일그러져 버렸다. 거기다 자신이 짊어진 모든 원한을 사부인 교주와 제사장에게 전가시켰다.

죽음의 불길 속에서 그를 구해 준 것이 사부이고, 놀람이 과해 나가 버린 정신을 찾게 만들어 준 것이 제사장이라는 것은 까맣게 잊은 채로…….

그렇게 아무 말이 없는 군사를 돌아보며 교주가 낮은 음성으로 명했다.

"부교주의 위치… 매일 확인해 둬."

돌아서 교내로 사라지는 교주의 뒤에서 군사가 허리를 깊숙이 숙였다.

하나뿐인 친우의 조카라며 삐뚤어질 것을 알면서도 제자로 삼았다. 되도 않는 원망조차 묵묵히 받아 준 사람이다.

친우이기에 앞서 군사, 천석평에겐 은인이었다.

그렇게 깊이 허리를 숙인 채 교주를 배웅하는 군사의 뒤로 일어난 차가운 천산의 바람이 휘돌며 저 멀리 움직이는 제사장의 뒤를 따랐다.

◆　◆　◆

쾅-! 우지끈.

잠시 후, 이환의 지휘로 들어선 무사들의 손에 부서진 탁자가 들려 나왔다.

"몇 번째야?"

문 앞에 기다리고 있던 기철의 물음에 이환이 다섯 손가락을 펼쳐 보였다.

"탁자가 부족하겠다."

그 말에 피식 웃는 이환에게 기철이 물었다.

"한동안 잠잠하시더니 왜 또 저러시는 거야?"

"몰라, 지금은 앞에서 숨 쉬는 것도 마음에 안 들어 하신다."

"당분간은 몸조심하는 수밖에 없겠네."

기철의 말에 이환은 묵묵히 고개를 끄덕여 보일 뿐이었다.

그런 그에게 수하 하나가 다가와 귓속말을 건넸다.

"뭐? 정말이야?"

"예."

"지, 지금 어디에 있는데?"

"장원으로 오겠다는 걸 사 조장이 한사코 말려서 객잔에 자리를 잡았습니다만……."

적도대원과 이환의 대화에 기철이 끼어들었다.

"무슨 일인데 그래?"

"그게……."

말을 하다말고 소교주의 거처를 힐긋거린 이환의 전음이 기철에게 날아들었다.

-제사장이 왔단다.

"왜, 왜?"

대번에 새하얗게 질리는 기철에게 손가락을 세워 입에 붙여 보인 이환이 전음으로 답했다.

-교도가 생겼다는 정보를 받은 모양이다.

-빌어먹을! 내가 그럴 줄 알았어. 그래서 그렇게 뜯어 말렸던 건데.

-어쩔 수 없잖아. 일은 벌어졌고, 일단 수습부터 하고 보자.

-어쩌려고?

기철의 물음에 다시 한 번 소교주의 거처를 확인한 이환이 결의에 찬 표정을 지었다.

-필요하다면 힘을 써서라도 돌려보내야지.

그 위험한 발상에 기철의 얼굴은 조금 더 새하얗게 질려가고 있었다.

그런 각오를 다진 이환이 기철과 함께 제사장이 머물고 있다는 객잔으로 향할 때.

정작 제사장은 교도들을 만나 본 후 적하장으로 향하고 있었다.

그리고 운명의 장난인지 그들은 촌각의 차이로 길이 엇

갈렸다.

 자신의 거처에 앉아 있는 적하마도는 끓어오르는 분노를 참을 수가 없었다.
 제 놈 마음대로 시비를 내보내고 돈을 풀었다.
 그 고리타분한 대호법을 주저앉히더니, 새로운 교도들도 만들었다.
 뿐인가?
 오는 족족 목을 따도 시원치 않은 백도 떨거지들 중 하나를 벽 너머로 안내까지 했다. 그것도 자신의 경험과 자신의 기억을 이용해서!
 솔직히 처음에 튀어나오면서 창천멸검의 목을 단칼에 잘라 버릴 때만 해도 모두 때려 부수고 원위치시킬 생각이었다.
 한데 창천멸검이 죽자마자 죽기 살기로 달려드는 제왕무적검대 이백을 도륙하고 나니 분노가 시들시들해져 버렸다. 그런 상태에서 장원으로 돌아오며 받은 인사는… 그의 마음을 흔들어 버렸다.
 처음이었다.
 공포가 아니라 반가움으로 자신에게 인사를 건네고 웃음을 띠는 이들을 보는 것은. 그것이 다 부숴 버리고 원래대로 돌리겠다던 생각을 가로막았다.
 정말 마음에 들지 않는 것투성이인데……. 묘하게 마음

속을 울린다.

이건 자신의 마음이 아니다.

자신에게 남은 건 독기와 원망뿐이니까. 한데 놈은… 독기와 원망 외에 측은지심과 애정이란 놈을 가지고 있었다.

내가 가지지 못한 것을 가진 놈……. 그게 적하마도를 분노케 하는 또 다른 이유였다.

"별것도 아닌 새끼가!"

그 별것도 아닌 새끼가 자신보다 더 많은 것을 가졌다. 그 어색한 분노로 헝클어진 마음에 생각 외의 음성이 들려왔다.

"저… 소교주님 계십니까?"

"누구… 설마?"

드르륵!

들어오라는 말도 없었건만 문이 열리고 이 세상에서 가장 보기 싫은 얼굴 중 하나가 들이밀어졌다.

"오랜만입니다, 소교주님."

벌떡 일어선 적하마도의 주먹이 꽉 움켜쥐어졌다.

그런 채로 적하마도는 생글거리며 웃는 제사장의 얼굴을 노려보고 있었다.

2권에 계속

www.mayabook.co.kr

www.mayabook.co.kr